LE SURMÂLE

ALFRED JARRY

ALICIA EDITIONS

TABLE DES MATIÈRES

1. LA MANILLE AUX ENCHÈRES   1
2. LE CŒUR NI À GAUCHE NI À DROITE   22
3. C'EST UNE FEMELLE, MAIS C'EST TRÈS FORT   27
4. UN PETIT BOUT DE FEMME   46
5. LA COURSE DES DIX MILLE MILLES   54
6. L'ALIBI   81
7. DAMES SEULES   91
8. L'OVULE   100
9. L'INDIEN TANT CÉLÉBRÉ PAR THÉOPHRASTE   106
10. QUI ES-TU, ÊTRE HUMAIN ?   116
11. ET PLUS   118
12. Ô BEAU ROSSIGNOLET   121
13. LA DÉCOUVERTE DE LA FEMME   132
14. LA MACHINE AMOUREUSE   145

I
LA MANILLE AUX ENCHÈRES

— L'amour est un acte sans importance, puisqu'on peut le faire indéfiniment.

Tous tournèrent les yeux vers celui qui venait d'émettre une telle absurdité.

Les hôtes d'André Marcueil, au château de Lurance, en étaient arrivés, ce soir-là, à une conversation sur l'amour, ce sujet paraissant, d'un accord unanime, le mieux choisi, d'autant qu'il y avait des dames, et le plus propre à éviter, même en ce septembre mil neuf cent vingt, de pénibles discussions sur l'Affaire.

On remarquait le célèbre chimiste américain William Elson, veuf, accompagné de sa fille Ellen ; le richissime ingénieur, électricien et constructeur d'automobiles et d'avions, Arthur Gough, et sa femme ; le général Sider ; Saint-Jurieu, sénateur, et la baronne Pusice-Euprépie de Saint-Jurieu ; le cardinal Romuald ; l'actrice Henriette Cyne ; le docteur Bathybius, et d'autres.

Ces personnalités diverses et notables eussent pu rajeunir le lieu commun, sans effort vers le paradoxe et rien qu'en laissant s'exprimer, chacune, sa pensée originale ; mais le savoir-vivre rabattit aussitôt les propos de ces gens, d'esprit et illustres, à l'insignifiance polie d'une conversation mondaine.

Aussi la phrase inattendue eut-elle les mêmes effets que ceux, mal analysés jusqu'à ce jour, d'une pierre dans une mare à grenouilles ; après un très court désarroi, un universel intérêt.

Elle aurait pu, avant tout, produire un autre résultat : des sourires ; mais par malheur c'était l'amphitryon qui l'avait prononcée.

La face d'André Marcueil faisait, comme son aphorisme, un trou dans l'assistance : non par sa singularité cependant, mais – si ces deux mots peuvent s'accoupler – par sa caractéristique insignifiance : aussi pâle que les plastrons dont s'échancraient les habits, elle se serait confondue avec les boiseries, blêmes de lumière électrique, sans le liseré d'encre de sa barbe, qu'il portait en collier, et de ses cheveux un peu longs et frisés au fer, sans doute pour cacher un commencement de calvitie. Ses yeux étaient probablement noirs, mais faibles à coup sûr, car ils s'abritaient derrière les verres fumés d'un lorgnon d'or. Marcueil avait trente ans ; il était de taille moyenne, qu'il semblait prendre plaisir à raccourcir encore en se voûtant. Ses poignets, minces et si velus qu'ils ressemblaient exactement à ses grêles chevilles gainées de soie noire, ses poignets comme ses chevilles évoquaient l'idée que toute sa personne devait être d'une faiblesse remarquable, à en juger du moins par ce qu'on en distinguait. Il parlait d'une voix basse et lente, comme soucieux de ménager sa respiration. S'il possédait un permis de chasse, nul doute que son signalement n'y portât : menton rond, visage ovale, nez ordinaire, bouche ordinaire, taille ordinaire... Marcueil réalisait si absolument le type de l'homme ordinaire que cela, en vérité, devenait extraordinaire.

La phrase prenait une signification d'ironie lamentable, chuchotée comme un souffle par la bouche de ce mannequin : Marcueil ne savait assurément pas ce qu'il disait, car on ne lui connaissait pas de maîtresse, et il était supposable que l'état de sa santé lui interdisait l'amour.

« Il y eut un froid », et quelqu'un allait s'empresser de changer la conversation quand Marcueil reprit :

— Je parle sérieusement, messieurs.

— Je croyais, minauda la pas jeune Pusice-Euprépie de Saint-Jurieu, que l'amour était un sentiment.

— Peut-être, madame, dit Marcueil. Il suffit de s'entendre sur... ce qu'on entend... par sentiment.

— C'est une impression de l'âme, se hâta de dire le cardinal.

— J'ai lu quelque chose de semblable chez des philosophes spiritualistes dans mon enfance, ajouta le sénateur.

— Une sensation affaiblie, dit Bathybius : honneur aux associationnistes anglais !

— Je serais presque de l'avis du docteur, dit Marcueil : un acte atténué, probablement, c'est-à-dire : pas tout à fait un acte, ou mieux : un acte en puissance.

— Si l'on admet cette définition, dit Saint-Jurieu, l'acte réalisé exclurait l'amour ?

Henriette Cyne bâilla, ostensiblement.

— Assurément non, dit Marcueil.

Les dames crurent devoir se préparer à rougir derrière leur éventail, où à y dissimuler qu'elles ne rougiraient pas.

— Assurément non, acheva-t-il, s'il succède toujours à l'acte accompli un autre acte qui garde ceci de... sentimental qu'il ne s'accomplira que tout à l'heure.

Cette fois, plusieurs ne purent s'empêcher de sourire.

Leur hôte, selon toute évidence, leur en donnait la liberté, s'amusant au déroulement d'un paradoxe.

C'est un fait souvent observé, que les êtres les

plus débiles sont ceux qui s'occupent le plus – en imagination – des exploits physiques.

Seul, le docteur objecta avec sang-froid :

— Mais la répétition d'un acte vital amène la mort des tissus, ou leur intoxication, que l'on appelle fatigue.

— La répétition produit l'habitude et l'habi... leté, rétorqua avec la même gravité Marcueil.

— Hurrah ! l'entraînement, dit Arthur Gough.

— Le mithridatisme, dit le chimiste.

— L'exercice, dit le général.

Et Henriette Cygne plaisanta :

— Portez... arme ! Une, deux, trois.

— C'est parfait, mademoiselle, conclut Marcueil, si vous voulez bien continuer de compter jusqu'à épuisement de la série indéfinie des nombres.

— Ou, pour abréger, des forces humaines, glissa avec son joli accent zézayé Mrs Arabella Gough.

— Les forces humaines n'ont pas de limites, madame, affirma tranquillement André Marcueil.

On ne sourit plus, malgré cette nouvelle occasion qu'en offrait l'orateur : l'assurance d'un tel théorème laissait prévoir que Marcueil voulait en venir à quelque chose. Mais à quoi ? Tout dans son extérieur annonçait qu'il était moins que tout autre capable de se lancer dans la voie périlleuse des exemples personnels.

Mais l'attente fut déçue : il en resta là, comme

s'il avait péremptoirement fermé la discussion par une vérité universelle.

Ce fut encore le docteur, qui, agacé, rompit le silence :

— Vouliez-vous dire qu'il y a des organes qui travaillent et se reposent presque simultanément, et donnent l'illusion de ne s'arrêter jamais ?...

— Le cœur, restons sentimentaux, dit William Elson.

— ... Qu'à la mort, termina Bathybius.

— Cela suffit bien à représenter un labeur infini, remarqua Marcueil : le nombre des diastoles et systoles d'une vie humaine ou même d'un seul jour dépasse tous les chiffres imaginables.

— Mais le cœur est un système de muscles très simple, corrigea le docteur.

— Mes moteurs s'arrêtent bien quand ils n'ont plus d'essence, dit Arthur Gough.

— On pourrait concevoir, hasarda le chimiste, un aliment du moteur humain qui retarderait indéfiniment, le réparant à mesure, la fatigue musculaire et nerveuse. J'ai créé depuis peu quelque chose de ce genre...

— Encore, dit le docteur, votre *Perpetual-Motion-Food !* Vous en parlez toujours et on ne le voit jamais. Je croyais que vous deviez en envoyer à notre ami...

— Quoi donc ? demanda Marcueil. Vous oubliez, mon cher, qu'entre autres infirmités j'ai celle de ne pas comprendre l'anglais.

— *L'Aliment-du-Mouvement-perpétuel,* traduisit le chimiste.

— C'est un nom alléchant, dit Bathybius. Qu'en pensez-vous, Marcueil ?

— Vous savez bien que je ne prends jamais de médecine... quoique mon meilleur ami soit médecin, se hâta-t-il d'ajouter en s'inclinant devant Bathybius.

— Il affecte vraiment trop de rappeler qu'il ne sait rien ni ne veut rien savoir, et qu'il est anémique, cet animal, grommela le docteur.

— C'est une chimie peu nécessaire, je crois, continuait Marcueil, s'adressant à William Elson. Des systèmes de muscles et de nerfs complexes jouissent d'un repos absolu, il me semble, pendant que leur « symétrique » travaille. On n'ignore point que chaque jambe d'un cycliste se repose et même bénéficie d'un massage automatique, et aussi réparateur que n'importe quelle embrocation, pendant que l'autre agit...

— Tiens ! où avez-vous appris cela ? dit Bathybius. Vous ne cyclez pas, pourtant ?

— Les exercices physiques ne me vont guère, mon ami, je ne suis pas assez ingambe, dit Marcueil.

— Allons, c'est un parti pris, murmura encore le docteur : ne rien savoir, au physique et au moral... Mais pourquoi ? C'est vrai qu'il a une fichue mine.

— Vous pouvez juger des effets du *Perpetual-Motion-Food* sans vous astreindre à l'ennui d'y goûter, et en restant simple spectateur de performances physiques, disait à Marcueil William Elson. Après-demain a lieu le départ d'une course, où une équipe cycliste en sera exclusivement alimentée. S'il ne vous déplaît pas de me faire l'honneur d'assister à l'arrivée...

— Contre quoi court-elle cette équipe ? dit Marcueil.

— Contre un train, dit Arthur Gough. Et j'ose prétendre que ma locomotive atteindra des vitesses qu'on n'a point encore rêvées.

— Ah... ? Et ce sera long ? demanda Marcueil.

— Dix mille milles, dit Arthur Gough.

— Seize cent quatre-vingt-treize kilomètres, expliqua William Elson.

— Des nombres pareils, ça ne veut plus rien dire, constata Henriette.

— Plus loin que la distance de Paris à la mer du Japon, précisa Arthur Gough. Comme nous n'avons pas, de Paris à Vladivostock, la place de nos dix mille milles exactement, nous virons aux deux tiers de la route, entre Irkoutsk et Stryensk.

— En effet, dit Marcueil, ainsi on verra l'arrivée à Paris, ce qui vaut mieux. Au bout de combien d'heures ?

— Nous prévoyons cinq jours de parcours, répondit Arthur Gough.

— C'est beaucoup de temps, remarqua Marcueil.

Le chimiste et le mécanicien réprimèrent un haussement d'épaules à cette observation, qui révélait toute l'incompétence de leur interlocuteur.

Marcueil se reprit :

— Je veux dire qu'il serait plus intéressant de suivre la course que d'attendre l'arrivée.

— Nous emmenons deux wagons-lits, dit William Elson. À votre disposition. Nous ne sommes d'autres passagers, indépendamment des mécaniciens, que ma fille, moi-même et Gough.

— Ma femme ne part pas, dit celui-ci. Elle est trop nerveuse.

— Je ne sais pas si je suis, moi aussi, nerveux, dit Marcueil ; mais je suis sûr d'avoir toujours le mal de mer en chemin de fer, et peur des accidents. À défaut de ma sédentaire personne, que mes vœux vous accompagnent.

— Mais vous verrez au moins l'arrivée ? insista Elson.

— *Au moins* l'arrivée, je tâcherai, acquiesça Marcueil, en scandant ses mots d'une façon bizarre.

— Qu'est-ce que c'est que votre *Motion-Food ?* demandait Bathybius au chimiste.

— Vous pensez bien que je ne peux pas le

dire... sinon que c'est à base de strychnine et d'alcool, répondit Elson.

— La strychnine, à haute dose, est un tonique, c'est bien connu ; mais de l'alcool ? pour entraîner des coureurs ? Vous vous fichez de moi, je ne suis pas près de mordre à vos théories, s'exclama le docteur.

— Nous nous éloignons du cœur, il me semble, disait pendant ce temps Mrs Gough.

— Messieurs, remontons, répliqua de sa voix blanche, sans impertinence apparente, André Marcueil.

— Les forces amoureuses humaines sont infinies sans doute, reprenait Mrs Gough ; mais, comme le disait l'un de ces messieurs il y a un instant, il s'agit de s'entendre ; donc il serait intéressant de savoir à quel point de... la série indéfinie des nombres le sexe masculin place l'infini.

— J'ai lu que Caton l'Ancien l'élevait jusqu'à deux, plaisanta Saint-Jurieu ; mais c'était une fois en hiver et une fois en été.

— Il avait soixante ans, mon ami, n'oubliez pas, remarqua sa femme.

— C'est beaucoup, murmura étourdiment le général, sans qu'on pût comprendre auquel des deux nombres il rêvait.

— Dans les *Travaux d'Hercule,* dit l'actrice, le roi Lysius propose à l'Alcide, pour une même nuit, ses trente filles vierges, et chante sur la musique de Claude Terrasse :

> *Trent', pour toi qu'est-ce ? À peine un jeu,*
> *Et c'est moi qui m'excus' de t'en offrir si peu !*

— Ça se chante, dit Mrs Gough.
— Donc ça ne vaut pas la peine... dit Saint-Jurieu.
— ... D'être *fait,* interrompit André Marcueil. Et puis, est-on sûr que le chiffre soit *seulement* trente ?
— Si mes souvenirs classiques sont exacts, dit le docteur, les auteurs des *Travaux d'Hercule* auraient humanisé la mythologie : je crois qu'on lit dans Diodore de Sicile : *Herculem una nocte quinquaginta virgines mulieres reddidisse.*
— Ça veut dire ? demanda Henriette.
— Cinquante vierges, expliqua le sénateur.
— Ce même Diodore, mon cher docteur, dit Marcueil, mentionne un certain Proculus.
— Oui, dit Bathybius, l'homme qui se fit confier cent vierges sarmates et pour les « constuprer », dit le texte, ne demanda que quinze jours.
— C'est dans le *Traité de la Vanité de la Science,* chapitre trois, confirma Marcueil. Mais

quinze jours ! Pourquoi pas à trois mois d'échéance ?

— Les *Mille Nuits et Une Nuit,* cita à son tour William Elson, content que le troisième saalouk, fils de roi, posséda quarante fois chacune, en quarante nuits, quarante adolescentes.

— Ce sont des imaginations orientales, crut devoir élucider Arthur Gough.

— Autre article d'Orient qui n'est pas article de foi quoique consigné dans un livre sacré, dit Saint-Jurieu : Mahomet, en son Coran, se vante de réunir en sa personne la vigueur de soixante hommes.

— Cela ne veut pas dire qu'il pût faire soixante fois l'amour, observa assez spirituellement la femme du sénateur.

— Personne n'enchérit plus ? dit le général. Je crois que nous jouons à la manille ! Et ce jeu-ci est moins sérieux. Je m'abstiens.

Ce fut un cri :

— Oh ! général !

— Quand vous étiez en Afrique, pourtant ? lui susurra insidieusement sous la barbiche Henriette Cyne.

— En Afrique ? dit le général. C'est différent. Mais je n'y ai pas été pendant la guerre. Il peut y avoir des viols, une fois ou deux, pendant la guerre...

— Une fois ou deux ? C'est un chiffre, ce sont

même deux chiffres, mais précisez lequel, dit Saint-Jurieu.

— Façon de parler ! je continue, reprit le général. Donc, je n'ai été en Afrique qu'en temps de paix, et quel est le devoir d'un militaire français à l'étranger en temps de paix ? Est-ce de se conduire comme un sauvage ou n'est-ce pas plutôt d'importer la civilisation et, ce qu'elle a de plus séduisant, la galanterie française ? Aussi, quand les moukères d'Alger apprennent l'arrivée de nos officiers, ça les change des brutes d'Arabes qui ne connaissent point les bonnes manières, et elles s'écrient : « Ah ! voilà les Français, ils vont... »

— Général, j'ai une jeune fille, dit avec quelque sévérité et juste à temps William Elson.

— Mais il me semble, dit le général, que notre conversation jusqu'à présent, avec tous ces chiffres...

— Vous parlez affaires, messieurs ? s'enquit avec une naïveté trop admirable la jeune Américaine.

William Elson fit signe à Ellen de s'éloigner.

— Nous aurions dû commencer par consulter le docteur, mesdames, remarqua Mrs Gough, au lieu d'avoir la patience d'écouter toutes ces vilaines technicités.

— J'ai observé, dit Bathybius, à Bicêtre un idiot, épileptique en outre, qui s'est livré toute sa vie, laquelle dure encore, à peu près sans interruption à des actes sexuels. Mais... solitairement, ce qui explique bien des choses.

— Quelle horreur ! dirent plusieurs femmes.

— Je veux dire que l'excitation cérébrale explique tout, reprit le docteur.

— Alors, ce sont les femmes qui vous la coupent ? questionna Henriette.

— Je vous ai prévenue que c'était un idiot, mademoiselle.

— Mais... vous parliez de ses... capacités cérébrales ! Alors il n'était pas si idiot que ça, dit Henriette.

— Ce n'est d'ailleurs pas le cerveau, c'est la moelle qui est le centre de ces émotions-là, rattrapa Bathybius.

— Sa moelle avait du génie, dit Marcueil.

— Mais... comme nous ne sommes pas à Bicêtre... en dehors de Bicêtre ? demanda Mrs Gough.

— Pour les médecins, les forces humaines sont de neuf ou de douze au plus en vingt-quatre heures, et exceptionnellement, prononça Bathybius.

— À l'apôtre des forces humaines illimitées de répondre à la science humaine, dit William Elson à l'amphitryon non sans une ironie amicale.

— Je regrette, dit, dans un silence fait de toutes les curiosités un peu moqueuses, André Marcueil, je regrette de ne pouvoir accommoder sans la fausser ma conviction à l'opinion mondaine et à la science ; les savants, vous l'avez entendu, s'en tiennent à l'avis des sauvages du centre de l'Afrique, lesquels, pour exprimer les nombres supérieurs à cinq – qu'il s'agisse de six ou de mille – agitent leurs dix doigts en disant : « Beaucoup, beaucoup » ; mais je suis persuadé en effet que c'est

... à peine un jeu,

non seulement d'épouser les trente ou les cinquante filles vierges du roi Lysius, mais de battre le record de l'Indien « tant célébré par Théophraste, Pline et Athénée », lequel, rapporte d'après ces auteurs Rabelais, « avec l'aide de certaine herbe le faisait en un jour soixante-dix fois et plus ».

— Soixante-dix… en deux fois ? gouailla le général, expert aux jeux de mots.

— *Septuageno coitu durasse libidinem contactu herbæ cujusdam,* cita pour l'interrompre Bathybius. Je crois que c'est la phrase de Pline, d'après Théophraste.

— L'auteur des *Caractères* ? demanda Saint-Jurieu.

— Hé non ! dit le docteur, l'auteur de l'*Histoire des Plantes* et des *Causes des Plantes*.

— Théophraste d'Érèse, dit Marcueil, au vingtième chapitre du livre IX de l'*Histoire des Plantes*.

— « Avec l'aide de certaine herbe ? » méditait le chimiste Elson.

— *Herbæ cujusdam,* pontifiait Bathybius, *cujus nomen genusque non posuit.* Mais Pline, livre III, chapitre XXVIII, infère que ce serait de la moelle des branches de tithymalle.

— Nous voilà bien avancés, dit Mrs Gough ; c'est encore moins clair que d'écrire : une certaine herbe.

— Il est plus agréable de croire, dit Marcueil, que la « certaine herbe » a été ajoutée par un copiste de complexion timide, afin de matelasser l'esprit des lecteurs contre une stupeur qu'il eût jugée trop vive.

— Avec ou sans herbe... en un jour ? C'est-à-dire un seul jour, unique, dans la vie d'un homme ? s'enquit Mme de Saint-Jurieu.

— Ce qu'on fait un jour, on peut, à plus forte raison, le faire tous les jours, dit Marcueil... l'accoutumance... Mais si cet homme était très exceptionnel, il est en effet possible qu'il ait réussi à se confiner dans l'éphémère... On peut supposer aussi qu'il occupait son temps de pareille manière tous les jours et qu'il n'a admis qu'une fois des spectateurs.

— Un Indien ? méditait Henriette Cyne ; un homme rouge avec un tomahawk et des scalps, comme dans Fenimore Cooper ?

— Non, mon enfant, dit Marcueil : ce que nous appelons aujourd'hui un Hindou ; mais le pays n'y fait rien. Je suis de votre avis, cette phrase de Rabelais sonne majestueusement : « l'Indien tant célébré par Théophraste », et il serait regrettable que ce ne fût pas un vrai Indien, Delaware ou Huron, afin de réaliser votre décor imaginaire.

— Un Hindou ? fit le docteur. Au fait, si l'invraisemblance n'était pas si flagrante... l'Inde est le pays des aphrodisiaques.

— Le chapitre XX du livre IX de Théophraste d'Érèse est en effet consacré aux aphrodisiaques, dit Marcueil ; mais je vous répète – et il s'animait un peu et ses yeux brillaient sous son lorgnon – que je crois que ni la drogue ni la patrie n'ont d'importance, et qu'il y aurait même plus de raisons pour qu'un homme blanc... Mais, ajouta-t-il presque à part, d'un homme de pays singuliers on jugerait la prouesse moins singulière, moins incroyable... puisqu'*il paraît* que c'est une prouesse... ! Dans tous les cas, *ce qu'un homme a fait, un autre le peut faire.*

— Savez-vous bien qui a dit le premier ce que vous ruminez là ? interrompit Mrs Gough, qui avait de la lecture.

— Ce que... ?

— Justement, votre phrase : « Ce qu'un homme a fait... »

— Ah ! oui, mais je n'y pensais pas. Cela est écrit... parbleu, dit Marcueil, dans les *Aventures du Baron de Münchausen.*

— Je ne connais pas cet Allemand, dit le général.

— Un colonel, général, souffla Mrs Gough, un colonel de hussards rouges... en français, M. de Crac.

— J'y suis : histoires de chasse, dit le général.

— En vérité, monsieur, dit à Marcueil Mme de Saint-Jurieu, il était impossible d'insinuer plus spirituellement que le record de l'Indien ne serait battu que par... voyons... cet autre Peau-Rouge, un hussard... rouge... ayant beaucoup d'imagination !

— C'est donc là, ajouta Henriette Cyne, où vous vouliez en venir et où... vous nous avez fait naviguer ! Vous avez fort habilement clos les enchères en mettant comme...

— Plus offrant, allez donc, dit Saint-Jurieu.

— ... Quelqu'un à qui les... paroles ne coûtent rien.

— Il suffit d'avoir la langue bien pendue, dit le général.

— Comme en Afrique, fit Henriette... J'ai dit une bêtise.

— Messieurs, dit assez haut et très cérémonieusement André Marcueil, je crois que le colonel baron de Münchausen a fait tout ce qu'il a dit, et au-delà.

— Alors, ce n'est pas fini, les enchères ? s'intéressa Mrs Gough.

— Ça devient un peu rasant, dit Henriette Cyne.

— Voyons, Marcueil, dit Bathybius, il est insensé qu'un homme saute à cheval un étang, comme ce mythique baron, fasse volte-face au milieu s'apercevant qu'il n'a pas pris assez d'élan, et se ramène, lui et son cheval, au rivage en se soulevant à la force du poignet par sa propre queue ?

— Les militaires portaient en ce temps-là, à l'ordonnance, « tous les cheveux dans la queue », interrompit Arthur Gough avec plus d'érudition que d'à-propos.

— … Cela est contraire à toutes les lois physiques, acheva Bathybius.

— Cela n'a rien d'érotique, observa distraitement le sénateur.

— Ni d'impossible, riposta Marcueil.

— Monsieur se moque de vous, dit à son mari Pusice-Euprépie.

— Le baron n'a eu qu'un tort, poursuivit André Marcueil : c'était de raconter *après* ses aventures. S'il est, je le veux bien, assez étonnant qu'elles lui soient arrivées…

— Sûr ! cria Henriette Cyne.

— En supposant, bien entendu, qu'elles lui soient arrivées, s'obstina plus posément le docteur.

— S'il est étonnant qu'elles lui soient arrivées, énonça imperturbablement Marcueil, il l'est beaucoup moins qu'on n'y ait pas ajouté foi. Et c'est fort heureux pour le baron ! Car peut-on imaginer l'existence insupportable que mènerait dans la société envieuse et malveillante des hommes celui qui aurait dans sa vie de tels miracles ! – toujours puisqu'il paraît que ce sont des miracles. On le rendrait responsable de toutes les actions inexpliquées et de tous les crimes impunis, comme on brûlait jadis les sorciers…

— On l'adorerait comme Dieu, dit Ellen Elson que son père avait rappelée depuis que la conversation était redescendue, en l'honneur du baron de Münchausen, à la portée des jeunes filles.

— Et de quelle liberté ne jouirait-il pas, achevait Marcueil, si l'on pense que, commît-il des crimes, l'incrédulité universelle lui fournira ses alibis !

— Alors, monsieur, chuchota Mrs Gough, comment avez-vous été si près, tout à l'heure, d'imiter le Baron ?

— Je n'ai rien raconté *après,* chère madame, dit Marcueil, n'étant malheureusement pas de ceux qui ont des aventures qui méritent d'être racontées…

— Quand racontez-vous, alors… *avant* ? dit Henriette Cyne.

— Raconter quoi ? et *avant* quoi ? répliqua Marcueil. Voyons, petite fille, laissons ces « histoires de chasse », comme dit très bien notre vieil ami le général.

— Bravo, mon cher ! moi, je ne crois qu'à ce qui est croyable, approuva Sider.

Ellen Elson s'était approchée d'André Marcueil, plus voûté que jamais, plus vieilli par sa barbe touffue et les yeux plus éteints derrière le lorgnon. Il était, dans ses impersonnels vêtements de soirée, plus falot et plus lamentable qu'un masque de carnaval : du verre, de l'or et des poils dérobaient sa face ; les dents mêmes étaient invisibles derrière l'embroussaillement de la moustache tombante. La vierge mit son regard dans le regard sans prunelle du lorgnon :

— Je crois à l'Indien, murmura-t-elle.

2
LE CŒUR NI À GAUCHE NI À DROITE

Sauf pour naître, André Marcueil n'eut d'abord point de contact avec la femme, étant allaité par une chèvre, comme un simple Jupiter.

Jusqu'à douze ans, élevé, son père mort, par sa mère et une sœur aînée, il avait vécu une enfance d'une pureté méticuleuse – si le catholicisme a raison d'appeler pureté la négligence, sous la menace de peines éternelles, de certaines parties du corps.

À douze ans, vêtu encore d'une blouse lâche et de culottes bouffantes, les jambes nues, il atteignit la solennité de sa première communion, et un tailleur lui prit mesure de son premier costume d'homme.

Le petit André ne comprit pas très bien pourquoi les hommes, – qui sont les petits garçons qui ont plus de douze ans – ne peuvent plus être habillés par une couturière... et il n'avait jamais vu son sexe.

Il ne s'était jamais regardé que tout vêtu dans une glace, au moment de sortir. Il se jugea très laid sous le pantalon noir... et pourtant ses jeunes camarades étaient si fiers de l'inaugurer !

Le tailleur, du reste, trouvait aussi que le costume de sa façon n'allait pas très bien. Quelque chose, au-dessous de la ceinture et très près de la ceinture, faisait un gros pli disgracieux. Le tailleur chuchota quelques paroles embarrassées à la mère, qui rougit, et Marcueil perçut vaguement qu'il avait quelque difformité – sans quoi on n'aurait pas parlé de lui, en sa présence, à voix si basse – ... qu'il n'était pas fait comme tout le monde.

« Être fait comme tout le monde, quand il serait grand », devint une obsession.

— À droite, disait le tailleur, mystérieusement, comme pour ne pas effrayer un malade. Sans doute entendait-il le cœur est à droite.

Et pourtant, le cœur peut-il être, même chez les grandes personnes, au-dessous de la ceinture ?

Le tailleur restait perplexe, lissant, sans penser à mal, l'endroit insolite avec son pouce.

Réessayage le lendemain, après retouche, et sur nouvelles mesures, qui ne s'ajustèrent pas mieux.

Car, entre *à gauche* et *à droite,* il y a une direction : *au-dessus.*

André, de qui sa mère, comme toutes les mères *nées* et même les autres, voulait faire un soldat, se jura de ne plus être une cause de laissés-pour-compte chez les tailleurs, et calcula qu'il avait huit ans pour corriger sa difformité avant la honte de la dévoiler devant le conseil de révision.

Comme il restait assidûment chaste, il n'eut point d'occasions de s'entendre dire si c'était vraiment une difformité.

Et quand il en vint à connaître des filles – ce qui est rituel après le baccalauréat de rhétorique, et Marcueil avait une dispense d'un an, soit un an d'avance – les filles durent s'imaginer qu'il n'était, comme les hommes, « homme » que quelques instants, puisqu'il n'était monté chez elles que « pour un moment ».

Pendant cinq ans, la prose de l'Église le hanta :

Hostemque nostrum comprime…

Pendant cinq ans, il mangea du bromure, but du nénuphar, tâcha à s'exténuer d'exercices physiques, ce qui n'aboutit qu'à le rendre très fort, se brida de lanières et coucha sur le ventre, opposant à la révolte de la Bête tout le poids de son corps dense de gymnaste.

Plus tard, beaucoup plus tard, il réfléchit qu'il n'avait peut-être travaillé qu'à abaisser une force qui ne se serait point révélée si elle n'avait eu une destinée à accomplir.

Par réaction, il eut alors, avec frénésie, des maîtresses, mais ni elles, ni lui ne goûtèrent de plaisir : c'était de son côté, un besoin, si « naturel » ! et du leur, une corvée.

Avec logique, il essaya des vices « contre nature », juste le temps d'apprendre, par expérience, quel abîme séparait sa force de celle des autres hommes.

Sa mère mourut, et il trouva dans des papiers de famille la mention d'un ancêtre étrange, un peu son aïeul, quoique n'ayant point contribué à le procréer, son grand-oncle maternel, mort trop tôt et qui lui avait sans doute légué « ses pouvoirs ».

À l'acte de décès était jointe une note d'un docteur dont nous reproduisons le style naïf et incorrect, et il y était cousu, de gros fil noir, un bout de linceul empesé de singulières macules.

« Auguste-Louis-Samson de Lurance, mort le 15 avril 1849, à l'âge de vingt-neuf mois et treize jours, par suite de vomissure verte non interrompue ; ayant conservé jusqu'au dernier soupir une fermeté de caractère beaucoup au-dessus de son âge, l'imagination beaucoup trop féconde *(sic)*, joint à cela *son organisme trop précoce sous le rapport de certain développement,* ont puissamment contribué aux regrets de douleur où il a plongé sa famille pour toujours. Que Dieu lui soit en aide ! »

D^r *(Illisible).*

Et maintenant, un monstre, un « phénomène humain » traqué par quelque barnum n'eût pas déployé plus d'ingéniosité qu'André Marcueil pour se confondre avec la foule. La conformité avec l'ambiance, le « mimétisme » est une loi de la conservation de la vie. Il est moins sûr de tuer les êtres plus faibles que soi que de les imiter. Ce ne sont pas les plus forts qui survivent, car *ils sont seuls.* C'est une grande science que de modeler son âme sur celle de son concierge.

Mais pourquoi Marcueil éprouvait-il le besoin de se cacher et de se trahir à la fois ? De nier sa force et de la prouver ? Pour vérifier si son masque tenait bien, sans doute…

Peut-être aussi était-ce « la bête » qui, à son insu, sortait.

3
C'EST UNE FEMELLE, MAIS C'EST TRÈS FORT

Les hôtes partaient.
En un flot double, leurs silhouettes enveloppées de fourrures s'épandirent à droite et à gauche du haut perron.

Puis, sous les globes électriques des cinq potences de fer jalonnant irrégulièrement l'avenue, ce fut le mouvement d'autres lumières, le clapotis du pas de chevaux, le vrombissement de quelques autos.

William Elson et sa fille, avec les Gough, s'éloignaient sur une fantastique machine, écarlate et renâclante, qui, en un petit nombre de grands bonds glissés, disparut.

Les divers véhicules s'échelonnèrent, et il n'y eut bientôt d'autre bruit devant le château que le murmure de l'eau courante des douves.

Lurance, héritage maternel d'André Marcueil, avait été construit sous Louis XIII ; mais il paraissait la chose la plus naturelle du monde que ses immenses lampadaires forgés se complétassent de lampes à arc, et que la force de ses eaux vives fût motrice de machines chargées d'alimenter les feux électriques. De même, il semblait que les allées à perte de vue dont les rayons larges se soumettaient tous les horizons, n'avaient point été tracées pour servir au rampement de carrosses, mais que l'architecte, par quelque obscure prescience de génie, les avait destinées, trois cents ans d'avance, aux véhicules modernes. Il est certain qu'il n'y a point de raison que les hommes travaillent à faire durable s'ils ne supposent confusément que leur œuvre a besoin d'attendre quelque surcroît de beauté, qu'ils sont incapables de lui fournir aujourd'hui, mais que lui réserve le futur. On ne fait pas grand, on laisse grandir.

Lurance est distant de peu de kilomètres, au sud-ouest, de Paris ; et Marcueil, selon toute évidence bizarrement énervé par la conversation de la soirée, déguisa son désir de diversion sous l'aspect d'une prévenance envers ses hôtes : il reconduisit lui-même à Paris le docteur et le général.

Par égard pour ce dernier, rebelle aux locomotions nouvelles, et comme il n'y a point de gare près de Lurance, il avait fait atteler un coupé.

Le temps était sec, clair et froid. La route sonnait comme du carton. En moins d'une heure ils atteignirent l'Étoile, et comme il n'était pas tard – à peine deux heures du matin – ils entrèrent dans un bar anglais.

— Bonjour, Marc-Antony, dit Bathybius au barman.

— Vous êtes un habitué, dit le général.

— Ce grand gaillard a-t-il donc la jouissance légitime d'un nom si shakespeariennement romain ? demanda Marcueil.

— On m'a raconté en effet, répondit Bathybius, qu'il était redevable de cet historico-dramatique sobriquet à la solennité extraordinaire avec laquelle il allocutionne ses clients, solennité qui ne serait comparable qu'à celle du Marc-Antoine de Shakespeare prononçant le classique discours sur la tombe de César. Et ses clients, jockeys, entraîneurs, palefreniers, boxeurs, tous fort amis des rixes, ont fort souvent besoin d'être allocutionnés.

— J'espère que nous en jugerons tout à l'heure, cela nous distraira, dit Marcueil.

On les servit. Le général but du stout, le docteur du pale-ale, et Marcueil, qui décidément – sauf quand il s'amusait à énoncer quelque théorème paradoxal – pratiquait le neutre, demanda un mélange égal des deux bières, le *half-and-half*.

En dépit du pronostic du docteur, le bar était calme, juste assez bourdonnant de conversations pour isoler la leur.

Le docteur ne put s'empêcher de revenir, pour en railler discrètement Marcueil, aux propos tenus à Lurance. Au fond, il était quelque peu irrité que son ami, même par plaisanterie, n'eût pas laissé le dernier mot à son autorité d'homme de science célèbre.

— À présent que nous sommes entre hommes, dit-il, une petite remarque pour en finir avec vos mythologies : ces Proculus, Hercule et autres héros fabuleux ne trouvaient pas encore assez honorables leurs exploits numériques et non moins fabuleux que leurs auteurs. C'était « un jeu », comme vous dites : aussi jouaient-ils la difficulté. Des vierges ! beaucoup de vierges ! Or, c'est une vérité médicale...

— Et expérimentale, car je vois ce que vous allez dire, interrompit le général.

— C'est une vérité médicale que le baiser de la vierge est assez difficile et douloureux pour ôter à l'homme l'envie ou la possibilité de le répéter si souvent.

— Notre chaste ami n'avait pas pensé à cela, dit le général.

— La réponse est simple, dit Marcueil. Pour prendre un exemple historique – ou mythologique si vous aimez mieux l'appeler ainsi – on doit évidemment admettre qu'Hercule était dans toute sa personne supérieur aux autres hommes en... comment dirai-je ? en stature, en corpulence...

— Calibre, dit le général. Il n'y a pas de dames et puis c'est un terme d'armurerie.

— Les gynécologues connaissent la mesure *demi-vierge,* poursuivit Marcueil ; admettons que d'une pratique moins courante soit la mesure… *demi-dieu,* il reste établi que pour… certains hommes, *toutes les femmes sont vierges*… un peu plus, un peu moins…

— Que la conclusion ne s'étende pas au-delà des prémisses, s'il vous plaît, réclama le docteur ; ne dites point : certains hommes ; Hercule tout seul, si vous voulez…

— Et il n'est pas là, crut devoir ajouter finement le général.

— Il… n'est pas là, en effet… j'oubliais, dit d'un accent étrange Marcueil ; alors, autre exemple : supposez qu'une femme subisse un certain nombre d'assauts sexuels, vingt-cinq… pour fixer les idées, comme disent les professeurs…

— Il y a dans une féerie : « Encore une étoile dans mon assiette ! » grogna, mi-fâché, le docteur. Assez de paradoxes, mon cher, n'en jetez plus… si vous voulez que nous discutions scientifiquement… quoique ce soit tout discuté.

— Vingt-cinq hommes différents, pour vous complaire, docteur !

— C'est plus naturel, dit le général.

— Dites plus scientifique, corrigea, avec une douceur inattendue, Bathybius.

— Que se passera-t-il physiologiquement ? les tissus impressionnés se resserreront...

Le docteur pouffa :

— Ah ! non, par exemple, se relâcheront, et à moins que cela.

— Où avez-vous vu cette bêtise ? dit le général. Est-ce encore un exemple historique ?

— C'est encore et toujours fort simple, reprit Marcueil : la femme connue dans l'histoire pour avoir essuyé en un jour plus de vingt-cinq amants, c'est...

— Messaline, s'écrièrent les deux autres.

— Vous le dites. Or il y a un vers de Juvénal que personne n'a su traduire, et si quelqu'un l'a compris il n'a pu en publier le vrai sens, parce que ses lecteurs l'auraient jugé absurde. Voici le vers :

> ... Tamen ultima cellam
> Clausit, adhuc ardens *RIGIDÆ* tenti-
> gine vulvæ.

— Il y a après, dit le docteur :

> Et lassata viris nec dum satiata
> recessit.

— Nous savons, dit Marcueil ; mais la critique moderne a prouvé que ce vers, comme tous les vers célèbres, a été interpolé. Les vers célèbres sont comme les proverbes...

— La sagesse des nations, dit le général.

— Vous avez fort subtilement deviné, général. Vous ne disconviendrez point que les nations sont dues au rassemblement d'un très grand nombre de premiers venus...

— Ah ! par exemple ! commença le général.

— Écoutez donc, général, dit Bathybius, cela devient intéressant. Vous expliquiez, Marcueil ?...

— Que Messaline, sortant des bras de vingt-cinq amants, ou de beaucoup plus, est – je traduis littéralement : – *encore ardente* (j'entends : *maintenue encore ardente) par...* Les mots français deviennent un peu gros, même entre hommes, et le reste du latin se comprend tout seul.

— Oui, je comprends le dernier mot du vers, dit le général, qui reprit du stout.

— Ce n'est pas celui-là qui est important, dit Marcueil, mais son qualificatif : RIGIDÆ.

— Je ne vois pas le moyen de réfuter votre interprétation, dit Bathybius ; mais... Messaline était une nymphomane, voilà tout. Cet exemple... hystérique ne prouve donc rien.

— Il n'y a de vraies femmes que les Messalines, murmura Marcueil sans qu'on l'entendît.

Il reprit :

— Les organes des deux sexes sont bien composés, docteur, des mêmes éléments, différenciés quelque peu ?

— Sensiblement, répondit le docteur. Où voulez-vous en venir, encore ?

— À ceci, qui est logique, dit Marcueil, qu'il n'y a point de raison pour qu'il ne se produise pas chez l'homme, à partir d'un certain chiffre, les mêmes phénomènes physiologiques que chez une Messaline.

— À savoir, *rigidi tentigo veretri* ? Mais c'est absurde, follement absurde, s'exclama le docteur. C'est même l'absence de ce phénomène indispensable qui s'opposera toujours à ce que l'homme dépasse, numériquement, ce qui reste bien les forces humaines !

— Pardon, docteur, il suit de mon... raisonnement que cette manifestation devienne permanente et plus exaspérée à mesure que l'on s'éloigne, les ayant franchies vers l'infini numérique, des forces humaines ; et qu'il y ait avantage, par conséquent, à les franchir dans le plus court délai possible, ou, si l'on veut, imaginable.

Bathybius ne daigna pas répondre. Quant au général, il s'était désintéressé de la conversation.

— Autre question, docteur, s'obstina Marcueil. N'êtes-vous point d'avis qu'un homme qui, sur un million d'occasions, n'en saisit qu'une, est un homme modéré ? en matière sexuelle, un homme continent ?

Le docteur le regarda.

— Or, docteur, je ne vous apprendrai pas que le nombre d'occasions offertes par la nature à l'acte de la reproduction, le nombre d'ovules est, chez chaque femme, de...

— Oui, dix-huit millions, dit sèchement Bathybius.

— Dix-huit par jour, cela n'a donc rien de surnaturel ! Une fois sur un million ! Et je suppose un homme sain ; mais vous avez bien observé des cas pathologiques ?

— Sans doute, dit Bathybius, bourru : priapisme, satyriasis, mais ne jugeons pas sur des maladies.

— Et l'influence d'excitants ?

— Si nous écartons les maladies, écartons les aphrodisiaques.

— Les aliments de réserve, alors, l'alcool ? Car c'est bien un suraliment, quelque chose comme la viande de bœuf, les œufs à la coque ou le fromage de gruyère ?

— Vous en avez, des définitions, répliqua Bathybius, devenu soudain tout à fait réjoui. Je crois entendre notre ami Elson. Je vois décidément que vous n'avez pas été une minute sérieux. Ça vaut mieux. Et puis l'alcool sclérose les tissus.

— Quoi ? dit le général.

— Les durcit, dit Bathybius. Les artères des alcooliques se *sclérosent,* ce qui leur constitue une vieillesse prématurée.

— Eh bien, dit Marcueil... ne bondissez pas, docteur : certain... « phénomène indispensable », comme vous dites, ne serait-il pas une sclérose ?

— C'est rigolo, dit Bathybius, mais c'est enfantin. Histologiquement, c'est idiot. Expérimentalement, il n'y a rien de moins viril qu'un alcoolique. Commode, l'alcool, pour conserver les enfants ; mais pas, que je sache, pour les faire !

— Et un alcoolisé ? dit Marcueil.

— L'effet ne dure pas, car le danger de l'alcool est que la réaction qu'il produit dépasse l'excitation.

— Vous êtes un savant, docteur, un grand savant, le plus savant de votre temps, ce qui, hélas ! implique que vous êtes de votre temps. Vous êtes mon vénérable aîné, docteur ; mais savez-vous ce qu'on professe aujourd'hui que notre génération nouvelle est toute jeune, c'est-à-dire que sa science est d'une fraction de siècle plus vieille que la vôtre : la réaction déprimante de l'alcool, dans certains tempéraments, *précède* l'excitation !

— Il n'est pas possible qu'elle précède, dit le docteur. Elle doit suivre une excitation antérieure.

— Vous dites alors, et j'en suis flatté, que moi et d'autres nous sommes la résultante de générations surexcitées par le sang des viandes et la force des vins... l'explosion d'une compression ! La mode des définitions change. Un peu plus près de l'âge de pierre, au dix-neuvième siècle par exemple, c'est ce qu'on aurait appelé « avoir de la race » ! Docteur, il est temps que les bourgeois – j'appelle de ce nom tous les fils de l'eau trouble et du pain pas blanc – commencent à boire de l'alcool, s'ils veulent que leur postérité nous vaille !

— Vous dites du mal de l'eau ? s'étonna le docteur.

— Mon cher Sangrado, ne vous alarmez pas : ce liquide n'a pas de goût plus particulièrement nauséeux, du moins en bains de pieds et en lavements ! C'est lui faire une place assez belle que le réserver à ces usages ! Donc, que penseriez-vous d'augmenter méthodiquement, en progression géométrique, je suppose, le régime d'un alcoolique ? continua Marcueil, qui paraissait prendre un vif amusement à taquiner le docteur. Que diriez-vous d'*alcooliser un alcoolique ?*

— Vous vous fichez de moi, grommela Bathybius, comme il l'avait répondu à William Elson.

— Je n'attache aucune importance à l'alcool, pas plus qu'à tout autre excitant, s'excusa Marcueil, mais je crois supposable qu'un homme qui ferait l'amour indéfiniment n'éprouverait pas plus de difficulté à faire n'importe quoi d'autre indéfiniment : boire de l'alcool, digérer, dépenser de la force musculaire, etc. Quelle que soit la nature des actes, le dernier est pareil au premier, comme dans une route, si les Ponts-et-Chaussées n'ont point fait erreur, le dernier kilomètre est égal au premier.

— La science a d'autres convictions là-dessus, dit le docteur qui se fâchait. Ailleurs que dans le domaine de l'impossible, que les savants n'admettent point, vu que là ils n'ont point de chaire, les énergies ne se développent – et pas indéfiniment, encore ! – que lorsqu'elles sont spécialisées : un lutteur n'est pas un étalon ni un penseur ; l'Hercule universel n'a existé ni n'existera jamais ; et quant aux bienfaits de l'alcoolisme : les taureaux ne boivent que de l'eau !

— Dites donc, docteur, demanda le plus innocemment qu'il put Marcueil, vous n'avez pas essayé de leur faire boire de l'alcool ?

Mais Bathybius n'entendait plus : il était parti en fermant avec fracas la porte du bar. Il habitait d'ailleurs à deux pas.

Alors il se passa quelque chose :

Marc-Antoine tressaillit, se détira comme un lion qui va bondir, se dressa avec une gradation savante au-dessus de son comptoir, étendit les bras, toussa et dit posément :

— *Order, please !*

Ce fut tout, et il se rassit.

Le général, gêné par l'algarade du docteur, s'efforça de changer le cours des pensées d'André Marcueil :

— Charmante soirée tantôt, dit-il. Vous aviez beaucoup de monde.

André sursauta, avec une véhémence que ne justifiait point l'originalité de la remarque.

— À propos, général, c'est à vous que je dois l'honneur d'avoir reçu M. William Elson. C'est un savant de grande valeur.

— Peuh ! dit le général, dans l'intention louable, encouragée par le stout, de faire le modeste, comme s'il eût pris le compliment pour lui-même ; un chimiste sans importance, ne parlons pas de cela, mon cher ; la chimie, qu'est-ce, entre nous, mon jeune ami ? c'est comme une espèce de photographie dont on ne peut jamais encadrer les épreuves.

— Et... dit encore André, qui hésita... Cette jeune fille, mademoiselle Elson ?

— Peuh ! s'écria le général, qui était lancé maintenant dans l'art de décliner les louanges, d'un galop à traverser l'Afrique ; peuh ! un petit bout de femme.

Il n'entrevit pas lui-même ce qu'allait être la fin de sa phrase, mais on pouvait la supposer péjorative.

André Marcueil se dressa, ébranlant la table et renversant les pintes d'étain ; son visage, animé d'une colère subite, se pencha vers le général, et son lorgnon sauta comme si ses regards avaient eu le pouvoir de se lancer à la joue de son interlocuteur.

Le général fut estomaqué, et encore plus quand il entendit siffler cette menace baroque :

— Général, je vous croyais quelque... galanterie française ! Je devrais vous casser en deux, mais ce n'est pas la peine, vous n'êtes pas assez fort !

— *Order, please ! Order !* tonna en même temps la voix de Mr Marc-Antony, qui couvrit celle de Marcueil.

Le général s'imagina avoir mal entendu ; d'abord parce qu'il ne comprit pas quel motif Marcueil pouvait avoir de se fâcher, ensuite parce qu'il le vit renverser les pintes. Il interpréta, pour le repos de sa cervelle :

« ... Ce stout n'est pas assez fort. »

— Barman ! appela-t-il.

Et à Marcueil :

— Qu'est-ce que vous prenez ?

Mais Marcueil paya, empoigna le général sous le bras et l'emmena à grands pas, d'abord hors du bar, puis – enjoignant d'un signe à son coupé de les attendre à la même place – dans la direction du Bois de Boulogne.

— Mais ce n'est pas mon chemin pour rentrer, protesta le général : j'habite à Saint-Sulpice !

Il rumina :

— Il est ivre sans doute, quoique ni lui ni moi

n'ayons bu. Holà, mon vieux – mon jeune ami, veux-je dire –, nous faisons fausse route. Si vous n'êtes pas d'aplomb – je comprends ça, j'ai été jeune aussi – voulez-vous que je vous ramène à votre voiture ?

— Vous n'êtes pas assez fort, répondit avec tranquillité André Marcueil.

— Hein ? elle est raide celle-là, répondit l'autre, en secouant le bras de Marcueil.

Celui-ci recula.

— Où est-il passé ? chercha le général. Ça parle d'Hercule et ça se laisse démolir par la poignée de main d'un vieillard. Mais où êtes-vous, mon jeune ami ? La nuit est-elle si noire, ou seriez-vous devenu nègre ?

Il fredonna :

Un nègre fort comme un Hercule
Fut attaqué par un soldat...

— Nous sommes arrivés, dit Marcueil.

— Où ça ? s'étonna Sider. Chez vous ? Chez moi ?

Une forme blanche s'ébouriffa près d'eux, ainsi que s'illumine le globe laiteux d'une veilleuse. Deux notes, comme de violoncelle, ululèrent. Plus loin, des griffes coururent et un glapissement traîna.

— Les chacals ?

Puis tout de suite, et avec cette grande facilité

de ne point s'ébahir qu'ont les âmes pures, le général s'esclaffa :

— Quand et par où sommes-nous entrés ? C'est fermé la nuit ! Ah ! j'y suis ! fallait donc le dire, mon jeune ami, que vous aviez un domicile au Jardin d'Acclimatation, à moins que ce ne soit celui de votre maîtresse ! Cela n'a rien d'étonnant, vous êtes si excentrique ! J'aurais dû m'en douter.

Un ara cria, rauque, les deux syllabes de son propre nom ; les chiens sauvages grognèrent derrière leurs grilles, et le harfang des neiges, dans sa cage étroite, fixa les deux hommes de ses yeux blonds.

— Je n'habite pas ici et je n'ai pas de maîtresse ; mais ici habite quelque chose d'assez fort pour que je joue avec, dit lentement André Marcueil.

Ils marchèrent le long des enclos ; de grandes formes noires bondirent, les suivant, chacune en deçà des barrières, et, au fur et à mesure de la promenade, d'autres surgirent.

— Ah çà ! Il est vraiment saoul, dit le général. Drôle d'endroit pour chercher la petite bête.

L'éléphant, dans sa maison, trompeta et ses vitres vibrèrent.

— Veut-il boxer avec les kangourous ? Mais on faisait ça au cirque il y a trente ans, et ça s'est trop vu ! Voyons, mon vieux, allons-nous-en, c'est bien assez d'avoir escaladé la clôture, car les gardes du

Bois nous embêteront : je sais ce que c'est que la discipline !

À leur droite, l'Aquarium s'élevait, glauque. Marcueil tourna à gauche, et le général respira, car là cessaient les parcs d'animaux, et il n'avait plus à craindre quelque folie d'ivrogne téméraire de la part de son compagnon.

— Regardez, je vais tuer la bête, dit Marcueil, très calme.

— Quelle bête ? Tu es saoul, mon vieux... jeune ami, dit le général.

— La bête, dit Marcueil.

Devant eux, trapue, sous la lune, s'accroupissait une chose de fer, avec comme des coudes sur ses genoux, et des épaules, sans tête, en armure.

— Le dynamomètre ! s'exclama, hilare, le général.

— Je vais tuer cela, répéta avec obstination Marcueil.

— Mon jeune ami, dit le général, quand j'avais votre âge et même moins, que j'étais « taupin » à Stanislas, j'ai souvent dépendu des enseignes, dévissé des vespasiennes, volé des boîtes au lait, enfermé des pochards dans des corridors, mais je n'ai pas encore cambriolé de distributeur automatique ! Il n'y a pas à dire, tu prends ça pour un distributeur automatique ! Enfin, il est saoul... Mais fais attention, il n'y a rien là-dedans pour toi, mon jeune ami !

— C'est plein, plein de force, et plein, plein de nombre là-dedans, causait tout seul André Marcueil.

— Enfin, condescendit le général, je veux bien t'aider à casser cela, mais comment ? Coups de pied, coups de poing ? Tu ne voudrais pas que je te prête mon sabre ? pour le mettre en deux morceaux !

— Casser cela ? oh non, dit Marcueil : je veux *tuer* cela.

— Gare à la contravention, alors, pour *bris de monument d'utilité publique !* dit le général.

— Tuer... avec un permis, dit Marcueil. Et il fouilla dans la poche de son gilet et en tira une pièce de dix centimes, française.

La fente du dynamomètre, verticale, luisait.

— C'est une femelle, dit gravement Marcueil... Mais c'est très fort.

La pièce de monnaie déclencha un déclic : ce fut comme si la massive machine, sournoisement, se mettait en garde.

André Marcueil saisit l'espèce de fauteuil de fer par les deux bras, et, sans effort apparent, tira :

— Venez, madame, dit-il.

Sa phrase s'acheva en un fracas de ferraille formidable, les ressorts rompus se tordaient sur le sol comme les entrailles de la bête ; le cadran grimaça et son aiguille vira affolée deux ou trois tours comme un être traqué qui cherche une issue.

— Trottons-nous, dit le général : cet animal, pour m'épater, a su choisir un instrument qui n'était pas solide.

Très lucides maintenant tous les deux, quoique Marcueil n'eût pas pensé à jeter les deux poignées qui lui faisaient des cestes brillants, ils refranchirent la clôture et remontèrent l'avenue, vers le coupé.

L'aube se levait, comme la lumière d'un autre monde.

4
UN PETIT BOUT DE FEMME

La femme qui entre a le même frou-frou que celle qui se déshabille.

Le lendemain matin, miss Elson entrait chez André Marcueil.

Il venait de prendre son premier déjeuner, en secret, car il suivait un régime de viande de mouton crue, comme un poitrinaire désespéré ou comme un sauvage bien portant. Il s'était livré ensuite à ses ablutions compliquées, telles que les eût pratiquées un adepte aveuglément crédule de la méthode de l'abbé Kneipp… ou une prostituée professionnelle. Il était encore roulé dans des linges humides, et, par-dessus, dans une sorte de robe de moine en grosse laine, emmitouflement hygiénique dit « le manteau espagnol ».

À ce moment Ellen parut.

Un bourdonnement d'une acuité croissante avait annoncé sa venue. On eût dit une sirène de steamer, et tant que le bourdonnement persista, Marcueil eut ce mot dans les oreilles : *sirène*.

Un automobile monstrueux – le modèle de course unique inventé tout récemment par Arthur Gough et mû par des mélanges détonants dont le secret appartenait à William Elson – le même véhicule sur lequel Elson et sa fille étaient partis la veille, mais cette fois piloté par Ellen toute seule – s'était précipité à des allures d'hippogriffe vers le perron.

Sirène : ce nom avait été suggéré à Marcueil par le ronflement du moteur qui ébranlait les vitres de Lurance. Le masque de chauffeuse, en peluche rose, d'Ellen, lui dessinait une curieuse tête d'oiseau, et Marcueil se rappela que les vraies sirènes de la fable n'étaient point des monstres marins, mais de surnaturels oiseaux de mer.

Elle ôta son masque, du geste dont un homme salue.

C'était une petite femme – un petit bout de femme, comme avait dit le général – brune et pâle, sauf du rose aux joues, avec une figure ronde, un nez un peu retroussé, des lèvres étroites, d'immenses cils et presque pas de sourcils, de telle sorte que si elle se tournait de profil, les longs cils bruns se détachaient hors du visage, et on pouvait s'imaginer – ses cheveux étant dissimulés sous la toque de cuir fauve – qu'elle était blonde.

Après quelques phrases banales :

— Ma visite est incorrecte, dit Ellen.

Le costume de Marcueil, toujours serré dans son manteau espagnol, répondait éloquemment pour lui qu'il ne l'était pas moins.

Mais si bizarre et un peu ridicule que fût ce costume, une pudeur cénobitique ne l'eût pas désavoué. La robe de bure engaînait Marcueil de la nuque aux chevilles. Ellen, sans affectation, laissa descendre son regard sur les pieds, nus dans des socques de bois : ils étaient extraordinairement petits, comme les vases antiques figurent ceux des faunes ; et elle n'en vit que le renflement du talon et l'orteil : la cambrure de la plante se perdait sous la robe comme une voûte lilliputienne s'élève.

Elle murmura, ainsi qu'un mot d'ordre qui serait compris de Marcueil et d'elle, seuls : « L'Indien tant célébré par Théophraste... » Marcueil, qui n'avait pas son lorgnon, baissa les yeux soudain, comme pour dissimuler son âme – ou toute autre chose intérieure – à la jeune fille.

Ellen continua avec tranquillité un dialogue pas commencé :

— Devinez pourquoi je crois à l'Indien ? Parce que personne n'y croira... heureusement ! En public d'ailleurs, je n'y croirais pas... Ne vous étonnez point, quand nous nous reverrons dans quelque salon, que je me moque plus, et plus férocement qu'aucune femme, de l'Homme dont la force n'a pas de limites...

— Combien avez-vous eu d'amants ? demanda Marcueil avec une simplicité froide.

Sans répondre à cette question, elle dit :

— Vous aimez les chiffres ? Soit : il y a une chance sur mille que « l'Indien » existe, et pour cette chance il valait la peine de venir. Il y a mille chances pour une – et ceci importe à ma respectabilité – que personne ne croie que l'Indien existe. Il y a donc, au total, mille et une bonnes raisons que je sois venue vous voir.

— Combien étaient-ils ? répéta un peu insolemment Marcueil.

— Mais... ils n'étaient pas, cher monsieur, dit avec dignité Ellen.

— Mentir est classiquement féminin, mais vague, dit Marcueil.

— Ils n'ont pas compté aux yeux du monde, qui n'a rien su, ni aux miens, car je rêvais davantage ! L'Amant absolu doit exister puisque la femme le conçoit, de même qu'il n'y a qu'une preuve de l'immortalité de l'âme, c'est que l'être humain, par peur du néant, y aspire !

— Aïe ! fit à part Marcueil, qui n'aimait pas la scolastique, ni aucune espèce de philosophie ou littérature, peut-être parce qu'il les possédait trop ;

puis tout haut, pour ne pas être en reste de pédanterie, il situa la citation :

— *Ipsissima verba sancti Thomas.*

— Donc, dit avec beaucoup de naturel Ellen, j'y crois parce que personne n'y croira... *parce que c'est absurde...* comme je crois en Dieu ! D'abord parce que si d'autres y croyaient je ne l'aurais plus à moi seule, je serais trompée et jalouse, et puis il me plaît de rester vierge, de la seule manière qui ne soit pas incompatible avec la volupté, et que reconnaisse le monde ; on est vierge quand on réunit deux conditions ; n'être pas mariée, et que l'amant soit inconnu... ou impossible !

— L'Indien comme amant, dites-vous, répéta Marcueil. Je dis : *vous* non point par trop de respect mais parce que je suppose que vous êtes plusieurs femmes ?

Et sa voix changea et se fit paternellement douce, comme s'il consolait une enfant de la privation d'un joujou qu'il eût trouvé imprudent de lui donner :

— « L'Indien », c'est de la curiosité ou de la littérature, ce n'est pas amusant ! Cela nécessite des tas de petites cuisines ! À partir de... ONZE, par exemple, pour ne parler que des rudiments et puisque nous ne pouvons éviter les chiffres... un peu avant de prendre congé des forces humaines – le plaisir doit être à peu près le même que peuvent éprouver les dents d'une scie rodées par une lime ! Il faut recourir à des pansements et liniments...

— À partir de onze, nota Ellen. Ensuite ?

— Ensuite, il y a, quelque part au loin dans la série des nombres, le moment où la femme tourne en hurlant sur elle-même et court par la chambre comme – l'expression populaire est admirable ! – comme un rat empoisonné ! Il y a... au fait, il n'y a peut-être pas d'Indien ! C'est plus simple.

Quand un homme et une femme dissertent si longtemps avec autant de calme, c'est que l'un – ou l'autre – espère qu'ils ne sont pas loin de tomber dans les bras l'un de l'autre.

— Tu n'as pas de cœur ! cria Ellen.

— Je... n'ai pas de cœur, madame, soit, dit Marcueil. Alors, je le remplace sans doute par autre chose... puisque vous êtes venue.

Il se mordit les lèvres et ouvrit la fenêtre.

Leur entretien cessait d'être intime, à portée maintenant, par la baie large, de valets s'empressant dans la cour.

Ellen saisit la main de Marcueil.

— Vous êtes chiromancienne ? interrogea-t-il avec raillerie, sans paraître comprendre le geste banal.

— Non, mais je lis dans tes yeux, tes yeux que je vois tout nus aujourd'hui, que si l'on doit croire à la métempsycose, tu as été, quelque part dans des temps anciens, une très vieille reine courtisane...

— Toutes les courtisanes sont reines, répondit Marcueil pour dire une insignifiance, et en effleurant, avec une galanterie impassible, le gant d'Ellen de ses lèvres velues.

Le gant, comme un curieux petit animal excité ou irrité, se crispa. Marcueil n'eût pas été très étonné de l'entendre japper. Au pied du perron, d'un doigt fébrile, Ellen cassa la tige d'une rose rouge.

Marcueil, toujours grave, interpréta :

— Vous aimez les fleurs ?

Il affectait de croire à un caprice et de s'excuser de ne l'avoir point prévenu. Les roses de Lurance l'eussent justifié : elles avaient une renommée immémoriale et plusieurs étaient des variétés uniques. Marcueil ouvrit la serpette d'un couteau de poche et s'approcha du parterre.

Miss Elson remercia d'un mouvement de tête.

— Inutile. Je pars demain. J'aimerais, il est vrai, que leur parfum et leurs couleurs m'égayent la longue voie monotone et les wagons enfumés, mais elles se faneraient.

Avec un empressement qui choqua Ellen, Marcueil fit disparaître son canif.

— J'oubliais : la grande course... Oui... Il ne faut pas qu'elles se fanent...

Ellen, pour n'avoir pas à s'avouer qu'elle trouvait les manières de Marcueil un peu trop brutalement discourtoises, se réinstalla avec brusquerie sur sa voiture, qui s'ébroua.

Sans aucun ornement ni confort, rudimentairement peinte de minium, la machine exhibait sans pudeur, on eût dit avec orgueil, ses organes de propulsion. Elle avait l'air d'un dieu lubrique et fabuleux enlevant la jeune fille. Mais celle-ci tournait, à son gré, par une sorte de couronne, la tête du monstre docile à droite et à gauche... Les dragons des légendes sont toujours couronnés.

La bête métallique, comme un gros scarabée, essaya ses élytres, gratta, trépida, mâchonna avec ses palpes et s'en alla.

Ellen, qui avait une robe vert pâle, parut une petite algue accrochée en travers d'un gigantesque tronc de corail emporté par un courant...

Marcueil, préoccupé, écoutait décroître le bourdonnement sifflant du moteur ; il en écoutait encore le souvenir au fond de ses oreilles, que le son réel avait depuis longtemps disparu.

— Il ne faut pas qu'elles se fanent, réfléchissait-il.

Enfin, comme réveillé, il appela le jardinier et lui ordonna de couper toutes les roses.

5
LA COURSE DES DIX MILLE MILLES

William Elson avait dépassé quarante ans quand naquit sa fille Ellen. En cette année mil neuf cent-vingt, il était plus que sexagénaire, mais la sveltesse de sa haute taille, la vigueur de sa santé et la lucidité de son cerveau démentaient les dates et sa barbe blanche.

Il s'était illustré par ses découvertes toxicologiques, et avait été nommé président de toutes les nouvelles sociétés de tempérance des États-Unis, du jour où, par un revirement prévu de la mode scientifique, il fut proclamé que la seule boisson hygiénique était l'alcool absolu.

C'est à William Elson que l'on dut l'invention philanthropique de dénaturer l'eau portée par des conduites à domicile de façon à la rendre impotable, tout en la laissant propre aux usages de la toilette.

À son arrivée en France, ses théories furent discutées par quelques médecins attachés aux anciennes doctrines. L'adversaire le plus âpre fut le docteur Bathybius.

Il objecta notamment, dînant dans un restaurant avec Elson, qu'il était sûr de reconnaître chez lui le tremblement des mains alcoolique.

Pour toute réponse, le vieil Elson sortit son revolver, et visa le bouton de la sonnerie électrique.

— Simple promptitude de coup d'œil, pourriez-vous objecter, dit-il au docteur ; veuillez donc me tenir cette carte de menu devant la figure.

Sa main n'avait pas bougé après que fut interposé l'écran. Le coup partit.

L'arme tirait des balles dum-dum. Il ne resta rien du bouton électrique, assez peu de la cloison, et quelques hurlements inachevés d'un paisible consommateur qui en était aux hors-d'œuvre dans le cabinet voisin. Mais pendant une seconde le bouton électrique, percuté au centre, avait transmis le courant à la sonnerie.

Le garçon parut.

— Une autre bouteille d'alcool, commanda Elson.

Tel était l'homme que ses travaux conduisirent à l'invention du *Perpetual-Motion-Food.*

Que William Elson, ayant enfin fabriqué ce *Perpetual-Motion-Food,* ait résolu, de concert avec Arthur Gough, de « lancer » son produit par une grande course d'une équipe cycliste qui en serait exclusivement alimentée, contre un train express, cela n'est pas un événement sans précédent. Maintes fois, en Amérique, dès les dernières années du dix-neuvième siècle, des quintuplettes et des sextuplettes ont battu des rapides sur un ou deux milles ; mais ce qui était inédit c'était de proclamer le moteur humain supérieur aux moteurs mécaniques *sur les grandes distances.* La belle confiance que son succès inspira par la suite à William Elson dans sa découverte dut l'amener peu à peu aux idées d'André Marcueil touchant l'illimité des forces humaines. Mais en homme pratique il ne les voulut juger illimitées que grâce à la coopération du *Perpetual-Motion-Food.* Quant à savoir si André Marcueil prit part ou non à la course, quoique miss Elson fût persuadée de l'y avoir reconnu, c'est ce dont nous laissons à juger dans ce chapitre. Pour plus d'exactitude, nous empruntons le récit de la course dite du *Perpetual-Motion-Food* ou des « Dix Mille Milles » à l'un des hommes de la quintuplette, Ted Oxborrow, tel que l'a recueilli et publié le *New-York-Herald.*

— Couchés horizontalement sur la quintuplette – du modèle ordinaire de course 1920, pas de guidon, pneus de quinze millimètres, développement de cinquante-sept mètres trente-quatre, nos figures plus bas que nos selles dans des masques destinés à nous abriter du vent et de la poussière ; nos dix jambes reliées, les droites et les gauches, par des tiges d'aluminium, nous démarrâmes sur l'interminable piste aménagée tout le long des dix mille milles, parallèlement à la voie du grand rapide ; nous démarrâmes, entraînés par une automobile en forme d'obus, à la vitesse provisoire de cent-vingt kilomètres à l'heure.

Nous étions bouclés sur la machine pour n'en plus descendre, dans cet ordre : à l'arrière moi Ted Oxborrow ; devant moi, Jewey Jacobs, Georges Webb, Sammy White – un nègre – et le pilote de notre équipe, Bill Gilbey, que plaisamment nous appelions *Corporal* Gilbey parce qu'il était responsable de quatre hommes. Je ne compte pas un nain, Bob Rumble, brimballant dans une remorque à notre suite, et dont le contrepoids servait à diminuer ou augmenter l'adhérence de notre roue d'arrière.

Corporal Gilbey nous passait, à intervalles réguliers, par-dessus son épaule, les petits cubes incolores et cassants, âcres au goût, de *Perpetual-Motion-Food,* qui furent notre seule nourriture pendant près de cinq jours ; il les prenait, cinq par cinq, sur une tablette ménagée à l'arrière de la machine d'entraînement. Au-dessous de la tablette, un tambour suspendu et tournant était destiné à atténuer les chocs éventuels de la roue d'avant de notre quintuplette.

À la tombée de la première nuit, ce tambour, sans que les gens de la locomotive s'en aperçussent, fut embrayé avec les roues de l'automobile entraîneur, de façon à tourner en sens inverse de celles-ci. Corporal Gilbey nous fit avancer alors jusqu'à ce que notre roue d'avant fût appuyée sur le tambour, dont la rotation, comme un engrenage, nous entraîna, sans effort et frauduleusement, pendant les premières heures nocturnes.

Derrière l'abri de notre machine d'entraînement, bien entendu, il n'y avait pas un souffle d'air ; à droite, la locomotive, comme une bonne grosse bête, paissait la même place du « champ » visuel, sans avancer ni reculer. Elle n'avait d'apparence de mouvement qu'une partie un peu tremblotante de son flanc – où il paraît qu'oscillait la bielle – et quant à l'avant, on pouvait compter les rayons de son chasse-pierres, tout pareils à une grille de prison ou aux fermettes d'un barrage de moulin. Tout cela figurait bien un paysage de rivière fort calme – le cours silencieux de la piste polie était la rivière – et les gargouillements réguliers de la grosse bête étaient semblables à un bruit de chute d'eau.

J'entrevis à diverses reprises, à travers les glaces du premier wagon, la longue barbe blanche de Mr Elson, qui oscillait de haut en bas, comme si sa personne se balançait nonchalamment sur un rocking-chair.

gon. Quelque chose intercepta le coup d'œil que je voulais jeter dans l'intérieur du wagon de miss Elson. La première fenêtre du long compartiment d'acajou, la seule qui fût à ma portée, était obstruée, à ma grande stupéfaction, *à l'extérieur,* par un épais capitonnage écarlate. On eût dit que des champignons sanglants, dans l'espace de cette nuit-là, avaient crû sur la vitre...

Il faisait grand jour maintenant, je ne pus douter de ce que je vis : tout ce que j'apercevais du wagon disparaissait sous des roses rouges, énormes, épanouies, fraîches comme si elles venaient d'être cueillies. Le parfum s'en diffusait dans l'air calme, à l'abri du coupe-vent.

Quand la jeune fille baissa la glace, une partie du rideau de fleurs se déchira, mais elles ne tombèrent point tout de suite : pendant quelques secondes, elles voyagèrent dans l'espace à la même vitesse que les machines ; la plus grosse s'engouffra, avec le courant d'air subit, à l'intérieur du wagon.

Il me sembla que miss Elson poussa un grand cri et porta la main à sa poitrine, et je ne la vis plus pendant tout le reste de cette journée. Les roses s'effeuillèrent peu à peu par la trépidation, s'envolèrent une par une ou par trois ou quatre, le bois verni du sleeping-car apparut immaculé, reflétant plus purement qu'une glace le vilain profil de Bob Rumble.

Le lendemain, la floraison incarnate s'était renouvelée. Je me demandai si je devenais fou et le visage anxieux de miss Elson ne quitta plus désormais la vitre.

Mais un incident plus grave réclama mon attention.

Ce matin du troisième jour, se produisit une chose terrible, terrible surtout parce qu'elle aurait pu nous faire perdre la course. Jewey Jacobs, à la place immédiatement devant moi et les genoux à un yard de mes genoux, reliés par les tiges d'aluminium ; Jewey Jacobs qui allait avec une vigueur fantastique depuis le départ, si bien qu'il donnait des à-coups propres à accélérer intempestivement le train prescrit par notre tableau de marche, et que j'avais dû le contrepédaler à diverses reprises ; Jewey Jacobs sembla soudain prendre un malin plaisir à raidir les jarrets à son tour, me renvoyant désagréablement mes genoux dans le menton, et je dus demander un sérieux travail à mes jambes.

Ni Corporal Gilbey, ni, derrière lui, Sammy White, ni Georges Webb n'étaient capables de se retourner dans leurs ligatures et leurs masques, pour voir ce qui prenait à Jewey Jacobs ; mais je pus me pencher un peu pour apercevoir sa jambe droite ; les orteils toujours engagés dans le *toe-clip* de cuir, elle montait et descendait avec isochronisme, mais la cheville paraissait engourdie et *l'ankle-play* ne se produisait plus. En outre – détail peut-être trop technique – je n'avais point fait attention à une odeur particulière, l'attribuant à son caleçon de jersey noir, où comme nous, les quatre autres, ils faisaient l'un et l'autre besoin dans de la terre à foulon ; mais une idée subite me fit frémir et je regardai encore, à un yard de ma jambe et liée à ma jambe, la lourde cheville de marbre, et je respirai la puanteur *cadavérique* d'une décomposition incompréhensiblement accélérée.

À un demi-yard à ma droite, une autre sorte de changement me frappa : au lieu du milieu du tender, j'aperçus à ma hauteur la seconde portière du premier wagon.

— Nous grippons ! cria à cet instant Georges Webb.

— Nous grippons ! répétèrent Sammy White et Georges Webb ; et comme la stupeur morale coupe bras et jambes mieux qu'une fatigue physique, la dernière portière du second wagon parut contre mon épaule, la dernière portière fleurie du second et dernier wagon ; les voix d'Arthur Gough et des mécaniciens lancèrent des hurrahs.

— Jewey Jacobs est mort, criai-je lamentablement de toute ma force.

Le troisième et le second homme du team mugirent dans leurs masques, jusqu'à Bill Gilbey :

— Jewey Jacobs est mort !

Le son tourbillonna dans le courant d'air jusqu'au fond des parois de la machine volante en forme de trompette, qui répéta à trois reprises – car elle était assez énorme pour qu'il y eût deux échos dans sa longueur – qui répéta et jeta du haut du ciel sur la fabuleuse piste derrière nous, comme une convocation au Jugement dernier :

— Jewey Jacobs est mort ! mort ! mort !

— Ah ! il est mort ? Je m'en f..., dit Corporal Gilbey. Attention : ENTRAÎNEZ JACOBS !

Ce fut une énervante besogne, et telle que je souhaite n'en point revoir dans aucune course. L'homme récalcitrait, contre-pédalait, *grippait*. C'est extraordinaire comme ce terme, qui s'applique aux frottements des machines, convenait merveilleusement au cadavre. Et il continuait à faire ce qu'il avait à faire sous mon nez, dans sa terre à foulon ! Dix fois nous eûmes la tentation de dévisser les écrous qui faisaient les cinq paires de jambes solidaires, y compris celles du mort. Mais il était bouclé, cadenassé, plombé, cacheté et apostillé sur sa selle, et puis... il eût été un poids... *mort,* je ne cherche pas le mot, et pour gagner cette dure course, il ne fallait pas de poids mort.

Corporal Gilbey était un homme pratique, comme William Elson et Arthur Gough étaient des gentlemen pratiques, et Corporal Gilbey nous ordonna ce qu'ils auraient eux-mêmes ordonné. Jewey Jacobs était engagé à marcher, lui quatrième, dans la grande et honorable course du *Perpetual-Motion-Food* ; il avait signé un dédit de vingt-cinq mille dollars, payables sur ses courses futures. Mort, il ne courrait plus et ne pourrait pas payer son dédit. Il lui fallait donc marcher, vif ou mort. On dort bien en machine, on peut bien mourir en machine et cela n'a pas plus d'inconvénient. Et puisque la course s'appelait la course *du mouvement perpétuel !*

William Elson nous expliqua plus tard que la rigidité cadavérique – qu'il nommait *rigor mortis,* je crois – ne signifie absolument rien et cède au premier effort qui la brise. Quant à la putréfaction subite, il avoua que lui-même ne savait à quoi l'attribuer... peut-être, dit-il, à l'abondance exceptionnelle de la sécrétion des toxines musculaires.

Voilà donc notre Jewey Jacobs qui pédale, d'abord avec mauvaise volonté, sans qu'on puisse voir s'il faisait des grimaces, toujours le nez dans son masque. Nous l'encourageons d'injures amicales, du genre de celles que nos grands-pères adressaient à Terront dans le premier Paris-Brest : « Va donc, eh, cochon ! » Petit à petit il prend goût à la chose, et voilà ses jambes qui suivent les nôtres, l'*ankle-play* qui revient, jusqu'à ce qu'il se mît à tricoter follement.

— Un volant, dit le Corporal : il régularise. Et je pense qu'il va s'affoler tout à l'heure.

En effet, non seulement il régularisa, mais il emballa, et le *sprint* de Jacobs mort fut un sprint dont n'ont point d'idée les vivants. Si bien que le dernier wagon, qui était devenu invisible pendant ce travail de maître d'école pour défunts, grossit, grossit et reprend sa place naturelle, qu'il n'aurait jamais dû quitter, quelque part derrière moi, le milieu du tender à un demi-yard à droite de mon épaule droite. Le tout ne se passa point, bien entendu, sans nos hurrahs à notre tour, tonitrués dans les quatre masques :

— Hip, hip, hip, hurrah pour Jewey Jacobs !

Et la trompette volante jeta par tout le ciel :

— Hip, hip, hip, hurrah pour Jewey Jacobs !

J'avais perdu de vue la locomotive et ses deux wagons, le temps d'apprendre à vivre au mort ; quand il put se tirer d'affaire tout seul, je vis l'arrière du dernier wagon grossir comme si c'eût été lui qui fût revenu prendre de nos nouvelles. Hallucination sans doute, reflet déformé de la quintuplette dans l'acajou du grand spleeping plus limpide qu'une glace, un aspect d'être humain bossu – bossu ou chargé d'un fardeau énorme – pédalait derrière le train. Ses jambes se mouvaient exactement à la vitesse des nôtres.

Instantanément, la vision disparut, masquée par l'angle de l'arrière du wagon, déjà dépassé. Il me parut très comique d'entendre glapir, comme précédemment, l'absurde Bob Rumble – lequel, affolé, sautait de droite et de gauche, sur son siège d'osier, comme un singe en cage :

— Il y a quelque chose qui pédale, il y a quelque chose qui suit !

L'éducation de Jewey Jacobs nous avait pris tout un jour : c'était le matin du quatrième jour, trois minutes, sept secondes et deux cinquièmes après neuf heures ; et l'indicateur de vitesse était à son degré extrême, qu'il n'avait pas été construit pour dépasser : 300 kilomètres à l'heure.

La machine volante nous faisait un bon service ; et sans savoir si nous allâmes au-delà de la vitesse précédemment enregistrée, je suis sûre que grâce à elle nous n'avons pas ralenti, l'indicateur conservant toujours son aiguille au point extrême du cadran. Le train nous tenait toujours à bonne hauteur, sans varier, mais il n'avait pas dû prévoir de telles allures en s'approvisionnant de combustible, car les passagers – il n'y en avait pas d'autres que Mr Elson et sa fille – se transportèrent par le couloir jusque sur la plate-forme de la locomotive, auprès du mécanicien, traînant après eux leurs victuailles et boissons. La jeune fille, l'air merveilleusement actif, portait une trousse de toilette. Tous s'employèrent – ils étaient cinq ou six en tout – à dépecer les wagons et à enfourner dans le foyer tout ce qui était brûlable.

La vitesse s'accéléra, il m'est impossible d'apprécier dans quelles proportions ; mais le vrombissement de la trompette volante monta de quelques demi-tons, et il me sembla que la résistance sous les pédales cessait absolument, chose absurde, avec mon effort plus accentué. Est-ce que cet étonnant Jewey Jacobs aurait fait encore des progrès ?

J'aperçus sous mes pieds non plus le bitume uniforme de la piste, mais... très loin... le dessus de la locomotive ! La fumée du charbon et du pétrole aveugla nos masques. La machine volante eut l'air de ramper.

— Vol de vautour, nous expliqua d'un mot, entre deux accès de toux, Corporal Gilbey. Gare la pelle.

On sait, et Arthur Gough expliquerait mieux que moi, qu'un mobile roulant animé d'une vitesse suffisante s'élève et plane, l'adhérence au sol étant, par la vitesse, supprimée. Quitte à retomber s'il n'est pas muni d'organes propres à le propulser sans point d'appui solide.

La quintuplette, en retombant, vibra comme un diapason.

— *All right,* dit tout à coup le Corporal, qui s'était livré à une gesticulation singulière, le nez sur sa roue d'avant. Tout se remit à rouler comme précédemment.

— Ai crevé pneu d'avant, dit Bill, d'une voix rassurante.

À droite, il n'y avait plus trace de wagons : d'énormes tas de bois et des bidons d'essence étaient empilés sur le tender ; les trucks avaient été détachés et restaient en arrière : même s'ils avaient suivi quelque temps par l'élan acquis, ils avaient dû être ralentis par la trépidation. À présent, il était possible de suivre le mouvement de leurs roues. La locomotive était toujours à la même hauteur.

— Re-vol de vautour, dit Bill Gilbey. Plus de risque de pelle. Crevé pneu arrière. *All right.*

De stupeur je levai la tête de dessus mon masque horizontal et regardai en l'air : la machine volante avait disparu et s'espaçait sans doute là derrière avec les wagons abandonnés.

Tout allait bien, pourtant, comme le disait le Corporal ; l'indicateur de vitesse marquait toujours, contre sa joue, en tremblant, un train uniformément accéléré, supérieur depuis longtemps à trois cents kilomètres à l'heure.

Le virage se dressait à l'horizon.

C'était une grande tour à ciel ouvert, en figure de tronc de cône, deux cents mètres de diamètre à la base et haute de cent. Des contreforts massifs en pierre et en fer l'assuraient. La piste et la voie ferrée s'y engouffraient par une sorte de porte ; et dans l'intérieur, durant une fraction de minute, nous tourbillonnâmes, couchés sur le côté et maintenus par notre élan, sur les parois non seulement verticales, mais qui surplombaient et ressemblaient au-dedans d'un toit. Nous avions l'air de mouches courant sous un plafond.

La locomotive était suspendue au-dessus de

nous, sur le flanc, comme un rayon d'étagère. Un bourdonnement remplissait le tronc de cône.

Or, pendant cette fraction de minute, nous entendîmes tous, au milieu de cette tour isolée dans la steppe du Transsibérien et dont nous venions de parcourir l'intérieur vide, une voix forte, répercutée par l'écho, et qui semblait être entrée immédiatement après la locomotive. Cette voix maugréait, jurait et sacrait.

Je perçus distinctement cette phrase saugrenue, proférée en bon anglais – sans doute pour qu'elle ne fût point perdue pour nous :

— Tête de cochon, tu me coupes l'épaule !

Puis un choc sourd.

Déjà nous sortions du virage, et, en travers de cette même espèce de porte que nous avions trouvée libre quelques secondes auparavant, une barrique, de la capacité que les Anglais appellent *hogshead* – soit en effet : « tête de cochon », et qui contient cinquante-quatre gallons, – percée à la place de la bonde d'une large ouverture rectangulaire et munie, vers le milieu, de deux courroies pareilles aux bretelles d'un sac de soldat – comme si on l'eût portée à dos d'homme, une barrique se balançait à la façon de tout objet rond que l'on vient de poser à terre avec brutalité – à la manière d'un berceau d'enfant.

Le chasse-pierres de la locomotive la lança ainsi qu'un ballon de foot-ball : elle éclaboussa sur la voie et sur la piste un peu d'eau et des gerbes de roses, dont quelques-unes tournoyèrent un certain temps, adhérant par leurs épines aux pneus déjà crevés de nos roues.

La nuit du quatrième jour tomba. Quoique nous eussions mis trois jours pour atteindre le virage, nous devions, si notre allure présente se maintenait, être à moins de vingt-quatre heures de l'arrivée des Dix Mille Milles.

Comme l'obscurité s'abattait, je donnai un dernier coup d'œil au cadran indicateur que je ne consulterais plus jusqu'à l'aube ; et comme je le regardais, le fil de soie tournant et vibrant sur la gorge bloquée de l'engrenage à son point extrême flamba en un grand fuseau bleu, puis tout fut noir.

Alors, comme une pluie d'aérolithes, des coups durs et doux à la fois, et aigus et duvetés et saignants et criants et lugubres nous lapidèrent, happés par notre vitesse ainsi qu'on attrape des mouches ; et la quintuplette fit une embardée et se cogna à la locomotive, toujours en apparence immobile. Elle y resta appliquée pendant quelques mètres sans que s'interrompissent nos jambes machinales.

— Rien, dit le Corporal. Oiseaux.

Nous n'étions plus abrités par le coupe-vent des machines d'entraînement, et il est extraordinaire que cet incident ne se soit pas produit plus tôt, dès le lâchage de l'entonnoir volant.

À ce moment, sans même un ordre du Corporal,

le nabot Bob Rumble rampa vers moi sur la tige de sa remorque, afin d'appuyer de tout son poids sur la roue arrière et en augmenter l'adhérence. Cette manœuvre m'apprit que la vitesse s'accélérait encore.

J'entendis claquer ses dents et je compris que Bob Rumble ne s'était approché de nous que pour fuir ce qu'il appelait « quelque chose qui suit ».

Il alluma derrière mon dos, un peu à gauche, un fanal à l'acétylène, qui projeta bizarrement devant nous, un peu à droite (la locomotive était à gauche maintenant), l'ombre quintuple du team sur la piste blanche.

Dans la clarté gaie, le nain ne se plaignit plus. Et nous nous entraînâmes SUR NOTRE OMBRE.

Je n'avais plus aucune idée de notre allure. J'essayais bien de percevoir quelques bribes des petites chansons stupides que se fredonnait Sammy White afin de rythmer ses coups de pédales. Un peu avant que le fil de l'indicateur flambât, il bredouillait le refrain, semblable à un roulement de grêle, de son sprint final, tant entendu au cours de ses records du mile et du demi-mile lancés, sur les pistes en cerf-volant du Massachussets :

Poor papa paid Peter's potatoes !

Au-delà il eût fallu inventer, mais ses jambes allaient trop vite pour son cerveau.

La pensée, du moins celle de Sammy White,

n'est pas si rapide qu'on le dit, et je ne la vois pas faisant une « exhibition » sur n'importe quelle piste.

Il n'y a vraiment qu'un record que ni Sammy White champion du monde, ni moi, ni notre équipe à nous cinq, ne battrons pas de sitôt : le record de la lumière, et de mes yeux je l'ai vu battre : quand le fanal s'alluma derrière nous, balayant la piste, d'arrière en avant, de notre ombre, de notre ombre faite de nos cinq ombres si instantanément groupées et confondues à cinquante mètres devant nous qu'on eût dit vraiment un seul coureur, vu de dos, qui nous précédait – nos coups de pédales simultanés complétaient cette illusion que j'ai su depuis n'être pas une illusion – quand notre ombre se projeta en avant, notre sensation à tous fut si aiguë qu'un adversaire silencieux et irrésistible qui nous aurait guettés depuis des jours, venait de démarrer sur notre droite en même temps que notre ombre, caché en elle et gardant son avance de cinquante mètres ; notre émulation fut si aiguë que nos bielles se mirent à tourbillonner avec pas moins d'entrain qu'un chien enragé ne tournerait après sa queue s'il n'avait rien de mieux à mordre.

Cependant, la locomotive, brûlant ses wagons, se tenait toujours à même hauteur, donnant l'impression d'un grand calme auprès d'un geyser... Il semblait qu'elle ne portât d'autre être animé que miss Elson, laquelle suivait avec une curiosité surexcitée et peu explicable les contorsions, assez grotesques il est vrai, de notre ombre dans l'éloignement. William Elson, Arthur Gough et les mécaniciens ne bougeaient pas. Nous autres, à la file sous le jet de clarté blême de notre fanal et si aplatis dans nos masques qu'à peine étions-nous caressés du grand ouragan créé par notre vitesse, nous revivions, je pense, à en juger par mes sentiments personnels, les soirées d'enfance, sous la lampe, penchés sur la table des devoirs d'écolier. Et nous avions l'air de reconstituer une de mes visions de ces soirs-là : un grand sphinx atropos qui entra par la fenêtre, ne s'inquiéta pas – chose étrange – de la lampe, alla chercher, dans une passion guerrière, au plafond sa propre ombre projetée par la flamme, et la cogna, à heurts répétés, de tous les béliers de son corps velu : toc, toc, toc...

Dans ces pensées ou dans ce rêve, je ne m'aperçus pas que, par la trépidation de notre élan, le fanal était éteint, et pourtant, bien visible parce que la piste était très blanche et la nuit assez claire, la même découpure falote nous « menait le train » à cinquante mètres !

Elle ne pouvait être figurée par la lumière de la locomotive : jusqu'au pétrole des deux lanternes était passé depuis longtemps à surchauffer la chaudière obscure.

Pourtant, il n'y a pas de fantômes... qu'était-ce alors que cette *ombre* ?

Corporal Gilbey ne s'était pas aperçu de l'extinction de notre fanal, sans quoi il aurait sévèrement sermonné Bob Rumble : aussi jovial et pratique qu'à l'ordinaire, il nous encouragea par ses lazzis :

— Allons, enfants, rattrapez-moi ça ! Ça ne tiendra pas longtemps ! Nous gagnons dessus. Ça manque d'huile, ce n'est pas une ombre, c'est un tourne-broche !

Dans le grand silence de la nuit, nous nous hâtâmes davantage.

Soudain... j'entendis... je crus entendre comme des pépiements d'oiseau, mais d'un timbre singulièrement métallique.

Je ne me trompais pas : il y avait bien un bruit, quelque part en avant, un bruit de ferraille...

Sûr de sa cause, je voulus crier, appeler le Corporal, mais j'étais trop terrifié de ma découverte.

L'ombre grinçait comme une vieille girouette !

Il n'y avait plus à douter du seul événement vraiment un peu extraordinaire de la course : l'apparition du PÉDARD.

Et pourtant, jamais je ne croirai qu'un homme ou qu'un diable nous ait suivis – et dépassés – pendant les Dix Mille Milles !

Surtout considérant la tournure du personnage ! Voici ce qui dut se passer : le Pédard, qui s'était laissé rattraper, naturellement, et se tenait à gauche, presque devant la locomotive ; le Pédard, survenant au moment où l'ombre disparut et se confondant une seconde avec elle, – traversa avec une maladresse incroyable, mais une chance providentielle pour lui et pour nous, la piste devant la quintuplette. Il s'en vint buter avec sa machine apocalyptique contre le premier rail... On eût dit, ma foi, tant il zigzaguait, qu'il y avait bien trois heures, mais guère davantage, qu'il pratiquait le cycle. Il franchit donc le premier rail perpendiculairement, au péril de ses os, eut la mine désespérée de quelqu'un qui sait bien qu'il ne viendra jamais à bout de franchir le second ; hypnotisé par la manœuvre de son guidon, les yeux sur sa roue d'avant, il n'avait pas l'air de se douter qu'il se livrait à toutes ses petites évolutions imbéciles devant un grand express emballé sur lui à plus de trois cents kilomètres à l'heure. Il parut soudain frappé de quelque idée extrêmement prudente et ingénieuse, vira tout de travers à droite et partit sur le ballast droit devant lui, fuyant la locomotive. À ce moment précis l'éperon de la machine rattrapa sa roue d'arrière.

Pendant la seconde où il attendit l'écrabouillement, toute sa silhouette cocasse, jusqu'aux détails des rayons de sa bicyclette, resta photographiée dans ma rétine. Puis je fermai les yeux, ne désirant point compter ses dix mille morceaux.

Il portait lorgnon, n'était pas barbu si l'on veut, mais sali d'une barbe clairsemée et frisottée.

Il était vêtu d'une redingote et coiffé d'un chapeau haut de forme gris de poussière. La jambe droite de son pantalon était retroussée, comme s'il l'eût fait exprès afin d'avoir plus de chances de s'empêtrer dans sa chaîne ; et la jambe gauche serrée à l'aide d'une pince de homard. Ses pieds, sur leurs pédales en caoutchouc, étaient chaussés de bottines à élastiques. Sa machine était un corps-droit à caoutchoucs pleins, comme on n'en trouverait plus au poids de l'or... et elle devait peser lourd ! munie de garde-boue en fer avant et arrière. Bon nombre de ses rayons – des rayons directs – avaient été industrieusement remplacés par des baleines de parapluies, dont les fourchettes, qu'on n'avait point ôtées, ballaient au gré des roues en forme de 8.

Surpris d'entendre le régulier cliquetis, ainsi que le grincement des roulements usés, une bonne demi-minute après ce que je supposais devoir être la catastrophe, je rouvris les yeux et n'en pus les croire, ne pus même les croire ouverts : le Pédard se prélassait toujours à gauche, sur le ballast ! La locomotive était tout contre lui et il n'en paraissait d'aucune manière incommodé. J'eus l'explication du prodige : la misérable brute ignorait sans doute l'arrivée par derrière du grand rapide, autrement elle n'eût pas fait preuve d'un aussi beau sang-froid. La locomotive avait tamponné la bicyclette et la poussait maintenant *par le garde-boue de la roue arrière !* Quant à la chaîne – car bien entendu le ridicule et insensé personnage n'eût point été capable de mouvoir ses jambes à de telles allures – la chaîne s'était rompue net au choc, et le Pédard pédalait avec jubilation à vide – sans nécessité d'ailleurs, la suppression de toute transmission lui constituant une excellente « roue libre » et même folle – et s'applaudissait de sa performance, qu'il attribuait sans aucun doute à ses capacités naturelles !

Une lumière d'apothéose parut sur l'horizon, et le Pédard en eut l'auréole le premier. C'étaient les illuminations du point terminus des Dix Mille Milles !

J'eus l'impression de la fin d'un cauchemar.

— Allons ! un effort, disait le Corporal. À nous cinq, nous pouvons bien « gratter » le camarade !

Cette voix nette – comme un point de repère fixe accentue pour celui qui, souffrant du mal de mer, gît dans une couchette suspendue à la Cardan, les oscillations d'un navire – cette voix du Corporal me fit comprendre que j'étais ivre, ivre-mort de fatigue ou de l'alcool du *Perpetual-Motion-Food* – Jewey Jacobs en était bien mort ! – et me dégrisa en même temps.

Je n'avais pas rêvé pourtant : un coureur étrange précédait la locomotive ; mais il ne montait pas un corps-droit à caoutchoucs pleins ! mais il ne portait pas de bottines à élastiques ! mais sa bicyclette ne grinçait pas, sinon dans mes oreilles qui bourdonnaient ! Mais il n'avait pas cassé sa chaîne puisque sa bicyclette était une machine sans chaîne ! Les bouts d'une ceinture lâche et noire flottaient derrière lui et caressaient l'éperon de la locomotive ! C'était ce que j'avais pris pour un garde-boue et pour les pans d'une redingote ! Sa culotte courte était éclatée sur les cuisses par le gonflement de ses muscles extenseurs ! Sa bicyclette était un modèle de course dont je n'ai jamais vu le pareil, aux pneus microscopiques, au développement supérieur à celui de la quintuplette ; il l'actionnait en se jouant et en effet comme s'il eût pédalé à vide. L'homme était devant nous : je voyais sa nuque, houleuse de cheveux longs ; le cordon de son lorgnon – ou une boucle noire de sa chevelure – était rabattu en arrière par le vent de la course jusque sur ses épaules. Les muscles de ses mollets palpitaient comme deux cœurs d'albâtre.

Il y eut un mouvement sur la plate-forme de la locomotive, comme s'il allait s'y passer quelque chose de grand. Arthur Gough repoussa doucement miss Elson, qui se penchait pour contempler, avec amour, semblait-il, le coureur inconnu. L'ingénieur parut parlementer, de façon acerbe, avec Mr Elson pour en obtenir quelque exorbitante concession. La voix suppliante du vieillard me parvint :

— Vous n'allez pas en faire boire à la locomotive ? Ça lui ferait mal ! Ce n'est pas une créature humaine ! Vous n'allez pas faire crever cette bête !

Après quelques phrases rapides et inintelligibles :

— Alors laissez-moi faire le sacrifice moi-même ! Que je ne m'en sépare qu'au dernier instant !

Le chimiste à barbe blanche soulevait dans ses mains, avec des précautions infinies, une fiole contenant, ai-je appris depuis, un rhum admirable qui aurait pu être son aïeul et qu'il avait réservé pour le boire seul ; il versa ce combustible ultime dans le foyer de la locomotive... l'alcool était sans doute trop admirable : la machine fit pschhchchh... et s'éteignit.

C'est ainsi que la quintuplette du *Perpetual-Motion-Food* a gagné la course des Dix Mille Milles ; mais ni Corporal Gilbey, ni Sammy White, ni George Webb, ni Bob Rumble, ni je pense, Jewey Jacobs dans l'autre monde, ni moi qui signe pour eux tous cette relation : Ted Oxborrow, nous ne nous consolerons jamais d'avoir trouvé, en arrivant au poteau – où personne ne nous attendait, car personne ne prévoyait une arrivée si prompte – ce poteau couronné de roses rouges, les mêmes obsédantes roses rouges qui avaient jalonné toute la course...

Personne n'a pu nous dire ce qu'était devenu le fantastique coureur.

6
L'ALIBI

Le matin même, de retour à Lurance, Marcueil fit porter à un bureau de poste de Paris quelques enveloppes pneumatiques :

Au docteur Bathybius :

Mon cher docteur,

Ne m'en voulez plus de mes « paradoxes » : l'Indien est trouvé. Aucun savant n'est plus digne que vous d'être son Théophraste, ni d'occuper ce que vous appeliez l'autre jour « une chaire dans le domaine de l'impossible ».

Donc, venez ce soir.

A. M.

Aux sept grandes « grues » les plus cotées à la Bourse galante du jour, l'adresse du château de Lurance et l'heure de la réception, griffonnées par le trait noir d'une pièce d'argent en travers d'un billet de banque – encore qu'il soit défendu d'insérer des valeurs dans les enveloppes pneumatiques.

Aux intimes, mais « aux hommes seulement », comme on lit sur les affiches des musées forains – aux seuls intimes célibataires ou veufs, une brève invitation gravée sur un bristol. William Elson ne fut pas informé, car si sa fille sortait sans lui, il sortait rarement sans sa fille. D'ailleurs, il était à supposer qu'il se remettait en ce moment des fatigues du voyage.

Les courtisanes arrivèrent les premières.

Le général ensuite.

Puis Bathybius.

— Qu'est-ce que cette plaisanterie ? furent les premiers mots du docteur.

Sans avoir égard à ses hochements de tête dubitatifs et mécontents, Marcueil lui expliqua ce qu'il attendait de lui. Il s'agissait simplement – simplement ! fit Bathybius – de contrôler la tentative que ferait un « Indien », dans la grande salle de Lurance, de battre le record « célébré par Théophraste », entre minuit et minuit. La grande salle, où pour la circonstance était dressé un divan-lit, avait été choisie non pour sa dimension, mais parce qu'une petite pièce attenante y prenait jour par un œil-de-bœuf, permettant d'observer ce qui s'y passerait. Dans ce réduit, aménagé en cabinet de toilette, Bathybius pourrait en outre procéder à toutes les constatations qu'il jugerait nécessaires à établir l'authenticité de l'expérience.

Bathybius fut perplexe.

Les femmes étaient là, déjà, dit Marcueil ; mais l'Indien n'arriverait qu'au souper. D'ailleurs, on souperait de bonne heure, à onze heures.

Après une courte hésitation, le docteur accepta de se prêter au singulier rôle que Marcueil lui demandait de jouer. En somme, il ne s'agissait que de jouir vingt-quatre heures de l'agréable hospitalité de Lurance ; et quant au « record » et à « l'Indien » problématiques, il serait, dans son réduit vitré, aux premières loges pour rire de l'insuccès... et aux premières loges aussi pour considérer, vingt-quatre heures durant et sans beaucoup de voiles, dans des attitudes intéressantes, les sept plus belles filles de Paris. Or, c'était un homme d'un grand âge.

L'entrée du général fut bourrue et cordiale, à son ordinaire.

— Que devenez-vous, mon jeune ami, et que faites-vous de neuf ? Vous ne démolissez plus les vespasiennes ?

Marcueil ne comprit pas tout de suite, puis se souvint.

— Quelles vespasiennes ? Mais ça ne s'appelle pas démolir un appareil, de constater qu'il n'est pas assez solide pour résister à l'usage auquel il est destiné, mon cher !

— Hé, hé, fit le général, que Bathybius mit au courant, en deux mots, de l'attraction de la soirée, espérons que les petites femmes seront assez solides.

— Il y en a sept, dit Marcueil.

Sur quoi le général s'empressa vers le salon.

Il était dix heures, et André Marcueil cherchait un prétexte à s'esquiver pour *faire place à l'Indien*. Le hasard, ou peut-être quelque aide préalable apportée au hasard, le lui fournit.

« Quelqu'un, dit un valet de chambre, demandait à parler à Monsieur. »

Ce « quelqu'un », introduit aussitôt dans le cabinet de travail, était un gendarme.

Non point de ces gendarmes horrifiques et moustachus, contre qui Guignol aguerrit notre enfance, mais un gendarme imberbe, en petite tenue, en tenue si petite qu'on aurait dit, à peine, un facteur, et qui roulait entre ses doigts un simple képi au lieu du tricorne légendaire.

L'honnête garçon semblait très embarrassé d'une mission délicate.

— Parlez, mon ami, lui dit Marcueil avec bonté ; et pour lui rendre cette bonté plus appréciable il sonna pour qu'on apportât à boire.

Le gendarme goûta le rhum, en fit l'éloge avec la même obséquiosité que s'il eût glorifié celui qui l'offrait. Il désirait manifestement capter la bienveillance de Marcueil.

Il commença :

« Le service était le service... On avait trouvé, – on n'avait pas fait exprès, bien sûr ! – une petite fille violée et morte depuis six jours, sur les terres de Lurance, morte d'une façon bien peu régulière : on ne l'avait pas violée d'abord et assassinée ensuite, comme il est admis ; mais... comment dire ? *violée à mort.* »

Il s'exprimait d'une manière hésitante, mais assez correcte et sobre d'adverbes.

— Il y a six jours ? demanda Marcueil. La justice est lente... six jours... Le jour de mon départ précisément, car j'ai fait un petit voyage... j'ai accompagné des amis... en chemin de fer. Ils étaient en chemin de fer... Étrange excursion ! il y a eu d'autres viols encore, par une coïncidence curieuse, exactement sur notre route, et aussi un vol à main armée, comme par hasard, et, on ne sait comment, deux assassinats. Mais vous disiez : un viol sur les terres de Lurance ?

Il fronça le sourcil et sonna de nouveau.

— Dites que l'on m'envoie le garde Mathieu.

À peine le garde fut-il présent :

— Pardon, monsieur, reprit le gendarme, coupant la parole au garde particulier ; il y a bien eu, en effet, des pièges à feu qui ont éclaté, même que c'est le juge de paix qui a découvert le petit cadavre en se mettant en route pour une visite de lieu... et tout à coup : boum, boum... Voilà deux coups de feu partis tout seuls dont l'un l'a blessé grièvement à la jambe, le pauvre homme !

— Mathieu, je m'étais trompé, dit Marcueil. Votre vigilance ni celle de vos camarades n'était point en défaut. Vous aurez une gratification... Vous pouvez vous retirer.

— Vous voyez, gendarme, ajouta-t-il, je fais assez bien garder mes terres pour avoir le droit de m'étonner qu'on y ait pu découvrir un crime ! À quoi s'emploie donc la gendarmerie française ?

— Excusez, monsieur, fit le gendarme, nous avons huit communes à surveiller et nous ne sommes que cinq.

— Je ne vous accuse pas, mon ami, condescendit Marcueil, qui libéralement lui reversa du rhum.

— Le service est bien dur, continua le gendarme. Ah ! si j'avais su ! Avant de porter l'uniforme, j'étais comme votre M. Mathieu, garde particulier quelque part près de la Celle-Saint-Cloud. Il y en avait du gibier, par là ! S'il vous fait plaisir un jour d'y venir tirer, au marais, un héron...

— Je n'ai guère le loisir qu'en temps prohibé, dit Marcueil, et je n'ai jamais pensé à prendre un permis de chasse.

Le gendarme but, claqua de la langue et cligna de l'œil.

— Le temps permis et le permis, c'est nous ! – Et il frappa sur ses buffleteries. – Excusez-moi encore d'être venu vous en… quêter pour cette petite morveuse : vous comprenez, affaire de service !

— Je comprends si bien, dit Marcueil, que j'ai fait construire un escalier spécial en l'honneur de ces affaires-là.

Et, faisant lever le gendarme qui écarquillait des yeux ronds, il éclaira avec le bougeoir-revolver de son bureau, au-dessus d'une porte, cette inscription en belles lettres dorées :

ESCALIER DE SERVICE

Le gendarme, confus, chercha où essuyer ses bottes avant de descendre.

— Ne me remerciez pas, dit Marcueil, ce n'est pas vous que j'honore, c'est l'uniforme. Quand vous me ferez le plaisir de revenir, ne vous trompez pas de porte : celle qui mène à cet escalier, dans la cour, est surmontée de la même inscription que vous lisez ; mais ne partez pas comme cela, les chemins ne sont pas sûrs, d'après ce que vous m'avez appris. On va vous reconduire en voiture à votre gendarmerie.

Et Marcueil rentra dans le salon.

Il rentra juste à point pour tenir tête aux sept

filles, qui, averties par le général de l'étrange collaboration qu'on leur demandait, se fâchaient et menaçaient de partir. La correction froide de Marcueil les figea sur place, et de seconds billets bleus ressuscitèrent leur grâce et leur sourire. En quelques mots brefs, Marcueil annonça qu'une affaire urgente l'enlevait à ses hôtes, pour quelques heures, au moins pour le souper, mais que peu importait, et qu'ils étaient chez eux.

Le général réclama de plus amples explications, mais les pas de Marcueil se perdaient déjà dans le vestibule. Bathybius, soupçonneux sans savoir pourquoi, se glissa sur le perron. Marcueil n'y était plus, mais le docteur vit partir et entendit rouler la voiture ; il ne découvrit point que s'y carrait, glorieux et seul, le gendarme.

Dix minutes après, onze heures sonnaient.

Le maître d'hôtel ouvrit les portes de la salle du souper.

L'Indien n'avait pas encore paru.

Les sept filles, au bras des hommes, s'avancèrent.

Il y avait une rousse svelte à la chevelure de cuivre, quatre brunes au teint pâle ou doré, deux blondes, l'une petite avec des bandeaux cendrés, l'autre grasse avec des fossettes partout et un teint d'émail.

Elles répondaient aux prénoms pudiques – qui n'étaient peut-être pas les leurs, mais auxquels elles répondaient toujours ! d'Adèle, Blanche, Eupure, Herminie, Irène, Modeste et Virginie, suivis de noms de famille trop fantaisistes pour qu'il soit nécessaire de les mentionner.

Trois étaient venues en robes montantes, les plus hermétiques qu'on pût voir, mais qui s'ouvraient par une seule agrafe, et dessous elles étaient toutes nues ; quatre, observant la mode de ce jour-là, avaient une pelisse de chauffeuse, et quand on les en eut débarrassées dans le vestibule, elles s'exhibèrent moins vêtues que brodées de dentelles ; enveloppe diaphane qu'Hermine appelait, d'un ton propre à surexciter les vieillards, son *pardessous*.

Soudain un pas rapide, à la fois traînant et léger, glissa dans le corridor.

— Voilà Marcueil, dit Bathybius ; il aura oublié quelque chose, ou aura renoncé à partir.

— Il revient à temps, dit le général. Nous « attaquons » seulement.

La porte s'ouvrit et « l'Indien » parut.

Quoique cette arrivée fût attendue, il y eut un instant de stupeur.

L'homme qui entrait était un bel athlète de taille ordinaire mais de proportions incomparables. Il était glabre – ou exactement rasé ou épilé, le menton court et fourchu. Ses cheveux, très noirs, drus et lisses, étaient plaqués en arrière. Sa poitrine était nue, découvrant un signe sous le sein gauche, et sa peau couleur de cuivre rouge, mais d'une teinte mate et comme poudrée. Il était drapé, sur une épaule et à la ceinture, d'une fourrure entière d'ours gris, dont la tête énorme pendait sur ses genoux. Dans ce baudrier rude étaient passés un calumet et un tomahawk. Il était guêtré et chaussé de houzeaux de mocassins en cuir jaune et souple, garnis de piquants de porc-épic. Il arriva qu'il leva un bras, et on distingua tatoué en bleu sur l'épiderme, poli à la pierre ponce, de son aisselle, le totem du llama.

On remarqua que ses aisselles et ses jarrets étaient en saillie de muscles et non en creux, conformation qu'on n'a pu observer depuis le célèbre souleveur de poids Thomas Topham.

— Le bel animal ! s'écrièrent spontanément les femmes.

Elles ne parlaient pas, bien entendu, du llama grossièrement dessiné, mais de l'homme.

On est toujours, pour les filles, un bel animal, quand on montre un peu de chair nue.

L'Indien ne dit mot, se mit à table sans les regarder, et, comme une personne naturelle et même quatre, mangea.

7
DAMES SEULES

Un peu avant minuit, les filles, par une sorte de pudeur peut-être des allusions des hommes, si discrètes fussent-elles, mais qui leur devenaient plus sensibles à mesure que l'heure de les justifier s'approchait ; irritées surtout de l'impassibilité « mohicane » de l'Indien ; les filles s'esquivèrent et s'évadèrent au hasard des détours du château. Elles gravirent un étage et se trouvèrent sans préméditation dans une spacieuse galerie, la galerie des tableaux, qui régnait à mi-hauteur du hall réservé au « record » et y avait eu communication à l'époque ancienne où cette vaste salle servait à des spectacles. Qu'on se figure une loge immense, au premier étage d'un théâtre, mais dont la vue sur la scène aurait été murée.

Arrivées là, il leur parut presque qu'elles fussent chez elles, puisqu'elles y étaient seules.

Comme des perruches de la cage desquelles on s'est éloigné, elles commencèrent des papotages, cristallins et délicieusement faux, tels qu'on peut imaginer les notes d'instruments d'amour qui s'accordent. En bas, des violons, parallèlement, préludaient.

Il va sans dire qu'elles parlaient de tout, sauf de ce que à quoi elles pensaient toutes : l'Indien.

— Mes chères, disait Blanche, on n'a rien inventé de plus merveilleux que de reprendre les modes d'il y a vingt ans, le système des quatre jarretelles au corset, deux sur le devant et deux sur les côtés.

— Celles de devant perdent de la place et... du temps, observa Irène.

— Ça m'est égal, reprit Blanche ; j'ai le droit de dire que c'est très bien parce que... moi j'en porte pas.

Et elle releva sa jupe pour exhiber ses chaussettes noires à baguettes roses, elle la releva même beaucoup plus haut qu'il n'était nécessaire.

— Tu mets des chaussettes ? dit Modeste. Le... sauvage, je ne sais pas ce qu'il porte, on dirait des bottes d'égoutier avec des piquants.

— Nous y voilà, dit Blanche. Je n'y pensais pas, mais ne blaguez point, c'est un type rudement beau.

— Moi, je le trouve trop peinturluré, dit Virginie. Il devrait se faire blanchir.

— Ce qu'elle a le sens de la lessive développé ! dit Herminie. Vous aurez toute facilité, chère madame, de le dépeindre tout à l'heure.

— On ne blanchit pas les nègres, renchérit Eupure.

— Comment, tout à l'heure ? Après vous, dit Virginie, et s'il en reste ! Car il paraît, m'a dit le général, que nous devons « y passer » par ordre alphabétique.

— S'il reste quoi ? dit Adèle. De la peinture ?

— Je suis la seconde, constata Blanche ; mais ce sera peut-être déjà une sinécure.

— Quelle histoire cocasse ! ça ne marchera pas, dit Irène.

— Félicitons la « première » mariée, dirent les six, faisant de grandes révérences à Adèle.

Un bruissement courut sur le palier.

— Chut, on monte, murmura Adèle.

— Ça doit être lui, dit Virginie ; il fait pas mal de se dégeler, il n'a desserré les dents que pour souper.

— Il a de belles dents, il ne doit mâcher en temps ordinaire que du verre cassé, fit Herminie.

— Du verre pilé, s'il fait ce qu'on dit, corrigea Irène.

— Chut ! reprit Adèle.

Le même pas léger et rapide qui avait annoncé

la venue de l'Indien, même plus léger et plus rapide cette fois, se rapprocha. Quelque chose comme une nudité ou une soierie frôla la porte.

— Sa peau d'ours fait un bruit de robe, dit Blanche.

— Ils sont drapés comme des femmes, dans ce pays-là...

— Et plus décolletés, chuchotèrent des voix.

La serrure fut fouillée. Les femmes firent silence.

La porte ne s'ouvrit pas. Les pas redescendirent. Un trottinement de talons claqua et un éclat de rire, bizarrement argentin, décrût.

— Qu'est-ce que ça veut dire ? fit une des femmes. Il n'est pas poli, le sauvage.

— C'est un timide... Hé, Joseph ! vous oubliez votre peau d'ours !

— Il n'a pas d'usage, expliqua Virginie, qui se piquait d'éducation.

— Pourtant il a casqué comme un roi nègre, dit une autre, ou son montreur a casqué pour lui.

— Quelle horreur ! dirent plusieurs. Mais c'est vrai, il a été chic.

— Il venait peut-être nous faire signe : il va être minuit. Si nous descendions, mesdames ?

— Descendons ! firent-elles toutes, reprenant des chapeaux jetés sur des meubles.

— Aide-moi, Virginie, dit Adèle. Cette porte est d'un dur...

Elles essayèrent une à une d'ouvrir, puis elles poussèrent toutes ensemble...

Si absurde que fût l'évidence, elles étaient enfermées !

— C'est idiot, dit Virginie. Ce sauvage qui ne sait pas le français doit n'avoir jamais vu de serrure : il l'a manœuvrée à l'envers. Il a cru nous ouvrir.

— Il faut appeler, dit Modeste.

Des voix, pas encore effarées, clamèrent :

— Hé ! Monsieur ! Sauvage ! Iroquois ! Chéri !

Minuit sonna. L'horloge devait se trouver immédiatement au-dessus de la galerie, car son bourdonnement emplit la longue pièce, le lustre se balança, les cadres tremblèrent et un vitrage, près du plafond, vibra.

— On va venir nous chercher, dit Adèle. Attendons.

— Tu es pressée, toi qui commences ; nous autres nous avons le temps, dit Blanche.

Dans une attente entrecoupée de petites crises nerveuses, elles entendirent sonner le quart, la demie, les trois quarts et une heure.

— Qu'est-ce qu'ils fichent là-bas ? dit Modeste. Ils ont dû nous entendre, pourtant. Nous entendons bien la musique !

En effet, à des intervalles irréguliers, les notes les plus aiguës des chanterelles montaient, comme des clochers percent un brouillard.

De nouveau, elles crièrent, jusqu'à devenir rouges et fondre en larmes.

— Passons le temps, dit Adèle, qui voulut paraître calme et se promena devant les tableaux. – Mesdames, nous sommes ici au Louvre : ce grand monsieur qui a une perruque blanche et un grand sabre représente...

— Représente ?... dit Irène.

— Je ne sais plus ! Et Adèle pleura.

Les portraits avaient tous l'air paterne de vieux messieurs qui viennent de mettre en pénitence des petites filles. Ils ne manifestaient, eux, aucune impatience de sortir. À leur âge, on n'était plus des gens pressés.

Une fille se lança contre la porte, haute et lamée de fer, et tambourina.

Comme déclenché par l'ébranlement de ses petits poings, les quatre quarts et deux heures carillonnèrent.

— M... ! dit Virginie. Je me couche !

Elle s'étendit sur une console dorée, les pieds dépassant au bout, les coudes derrière la tête et les seins à l'air.

Blanche la regardait de loin, assise sur un bahut, les mains sournoisement occupées sous sa jupe, jambes ballantes.

— Mesdames, dit Blanche, et elle hésita... Il me semble qu'on se passe de nous. Il *lui* en faut peut-être d'autres... *Ils* ont peut-être commencé !

— Ta bouche, bébé ! jeta la grande Irène, droite et furieuse. Elle ne sut pas elle-même comment elle arriva, pour la faire taire, à lui fermer la bouche avec la sienne.

Modeste, après avoir tourné par la galerie en sanglotant, vint abattre sa figure désolée sur le sein de Virginie. Quand elle se releva, il restait un cercle humide sur le corsage, maintenant transparent et qui laissait voir une pointe rose – un cercle qui n'était pas imprimé par des larmes.

— Il fait trop chaud, dit Irène, et des dentelles volèrent. Qu'on n'ouvre plus maintenant, les hommes, je suis en chemise.

— Tu n'as qu'à l'ôter, dit Eupure.

Et la main d'Eupure l'empoigna par la nuque.

C'est ainsi que peu à peu les sanglots devinrent des soupirs et que les bouches tourmentèrent d'autres réalités que des mouchoirs pleins de larmes. Les piétinements rageurs se turent sur le tapis, parce que les pieds étaient nus.

Virginie, sans vergogne, puisqu'on ne pouvait sortir, improvisait un murmure de source sur la laine peinte, dans un angle.

Plus tard seulement, un peu avant trois heures, la lumière électrique disparut. Ce fut comme si les vieilles gens des portraits s'en étaient allés sans bruit… mais les mains tâtonnantes ne trouvaient pourtant pas de porte !

À la recherche d'une issue, elles se heurtaient à cette dérision, une bouche ou un sexe.

Puis l'aube fut bleue et arrosa de frissons les corps moites.

Ensuite, le soleil balaya, du haut du vitrage près du plafond, le tapis souillé.

Il fut midi, et la sonnerie se répéta, qui avait inauguré l'emprisonnement.

Les filles eurent faim et soif et se battirent.

Une mangea un étui de raisin pour les lèvres, et une autre cuisina un pain parfumé, salé, cru et exécrable avec des larmes, de la salive et de la poudre de riz.

Il fut une heure, il fut toutes les heures, il fut onze heures du soir et la musique lointaine picota le silence, aussi confusément que des doigts énervés s'évertuent après un chas d'aiguille.

L'électricité ne s'était pas rallumée…

Mais une lumière venant de côté et qui n'était pas celle du jour se diffusa par une vitre dépolie, très haut.

Les femmes hurlèrent, se réjouirent, s'embrassèrent, se mordirent, empilèrent et escaladèrent des tables, culbutèrent deux ou trois fois, et enfin un poing, cuirassé de bagues mais qui saigna, étoila le carreau.

Les femmes, nues, dépeignées, défardées, affamées, en rut et sales se ruèrent vers la petite fenêtre ouverte sur la lumière et… sur l'amour.

Car le châssis de fer, infranchissable mais permettant de voir, était la seule séparation entre la galerie et le hall de l'Indien.

Quoique le second minuit fût passé, il leur sembla tout naturel – elles y pensaient depuis tant d'heures, et si longues ! – de le trouver là.

L'homme rouge n'avait pour vêtement qu'une femme nue prostrée en travers de sa poitrine ; et elle, n'avait pour voile qu'un masque de peluche noire.

8
L'OVULE

Vingt-quatre heures auparavant, Bathybius s'approchait de l'œil-de-bœuf.

La vitre ronde était obstruée, du côté du cabinet de toilette, observatoire du docteur, par deux volets, en bois plein, que commandait une crémone.

Il s'avança à tâtons et tourna la poignée d'un geste ferme, avec la même précision qu'il eût, professionnellement, fait jouer la vis sans fin d'un spéculum.

Les volets s'écartèrent sans bruit, ainsi que des ailes de papillon s'ouvrent.

L'œil-de-bœuf s'illumina, du feu doré de toutes les lampes du hall, et ce fut comme un astre qui se serait levé dans le cabinet de toilette, sur l'horizon court de la table du docteur.

À cette clarté, les yeux de Bathybius clignèrent

un peu, ces yeux vagues ou plutôt perpétuellement fixés sur quelque point invisible, dont l'expression est, par une coïncidence mal expliquée, commune à la plupart des grands médecins et à quelques monomanes dangereux reclus à perpétuité. Il lissa de ses belles mains grasses d'opérateur, l'une chargée de grosses chevalières, la divergence de ses favoris blancs. Il posa sur la table la feuille de papier destinée à recevoir ses observations, sortit son stylographe, consulta sa montre et attendit.

Quoique Bathybius sût parfaitement, étant d'esprit pondéré et grave, qu'il n'allait observer, de l'autre côté de sa fenêtre ronde, que des êtres humains dans les attitudes les plus normalement et misérablement humaines, il s'avança vers la vitre comme il eût approché son œil de l'oculaire d'un prodigieux télescope, emporté sous sa coupole trépidante par de colossales horlogeries, et braqué sur un monde inexploré.

— Allons, dit-il, ne nous hallucinons pas.

Et pour chasser la vision, et aussi pour y voir clair sur sa table à écrire, il planta la prise de courant d'une petite lampe à abat-jour turquoise.

Le lendemain soir, il fut bien étonné de trouver, parmi ses papiers et toute fraîche de sa propre écriture, l'étrange élucubration scientifico-lyrico-philosophique que l'on va lire. Il est vraisemblable qu'il l'écrivit pendant les longs loisirs qu'il eut – la grande heure durant laquelle les amants, voracement, mangèrent, et les dix heures consécutives qu'ils dormirent. Il n'est pas impossible non plus que sa personnalité ait subi un dédoublement singulier, et que d'une part il ait chronométré, contrôlé, analysé, inscrit, vérifié des détails techniques à chaque passage de l'Indien dans le cabinet de toilette ; et que, d'autre part, il ait transporté, en les généralisant, ses impressions dans cette littérature dont il n'était point coutumier :

— DIEU EST INFINIMENT PETIT.

Qui prétend cela ? Non pas un homme assurément.

Car l'homme a créé Dieu, du moins le Dieu auquel il croit, il l'a créé et ce n'est pas Dieu qui a créé l'homme (ce sont des vérités acquises aujourd'hui) ; l'homme a créé Dieu à son image et à sa ressemblance, agrandies jusqu'à ce que l'esprit humain ne pût concevoir de dimensions.

Ce qui ne veut pas dire que le Dieu conçu par l'homme soit sans dimensions.

Il est plus grand que toute dimension, sans qu'il soit hors de toute dimension, ni immatériel ni infini. Il n'est qu'indéfini.

Cette conception pouvait suffire, au temps un peu antérieur à celui où les deux peuples que nous appelons l'Adam et l'Ève furent tentés par les produits manufacturés des marchands qui avaient pour totem le Serpent, et durent travailler pour les acquérir.

Nous savons maintenant qu'il y a un autre Dieu, qui, lui, a bien véritablement créé l'homme, qui réside au centre vivant de tous les hommes et qui est l'âme immortelle de l'homme.

THÉORÈME : *Dieu est infiniment petit.*

Car pour qu'il soit Dieu il faut que sa Création soit infiniment grande. S'il gardait une dimension quelconque, il limiterait sa Création, il ne serait plus Celui qui a créé Tout.

Ainsi il peut se glorifier de sa Bonté, de son Amour et de sa Toute-Puissance, qui ne se réservent aucune part du monde. Dieu est hors de toute dimension, *en dedans*.

C'est un point.

C.Q.F.D.

On sait qu'il y a deux parties dans l'homme, l'une apparente et périssable, l'ensemble des organes que nous appelons *corps*, le *soma* ; et cette partie périssable comprend même la « petite agitation » qui en résulte, dite la pensée ou l'âme « immortelle ».

L'autre impérissable et microscopique qui se transmet de génération en génération depuis le commencement du monde, le *germen*.

Le germe est ce Dieu en deux personnes, ce Dieu qui naît de l'union des deux plus infimes choses vivantes, les *demi-cellules* qui sont le Spermatozoaire et l'Ovule.

L'un et l'autre habitent des abîmes de nuit et de rouge trouble, au milieu de courants – notre sang – qui emportent des globules espacés les uns des autres comme des planètes.

Elles sont dix-huit millions de reines, les demi-cellules femelles, qui attendent au fond de leur caverne.

Elles pénètrent les mondes de leur regard et les gouvernent. Elles sont infiniment déesses. Il n'y a pas de lois physiques pour elles – elles désobéissent à la gravitation – elles opposent à l'attraction universelle des savants leurs affinités particulières ; il n'existe pour elles que ce qu'il leur plaît.

Dans d'autres gouffres aussi formidables, ils sont là, des millions de dieux dépositaires de la Force et qui ont créé Adam au premier jour.

Quand le dieu et la déesse veulent s'unir, ils entraînent chacun de leur côté, l'un vers l'autre, le monde où ils habitent. L'homme et la femme croient se choisir... comme si la terre avait la prétention de faire exprès de tourner !

C'est cette passivité de pierre qui tombe, que l'homme et la femme appellent l'amour.

Le dieu et la déesse vont s'unir... Il leur faut, pour se rencontrer, un temps qui, selon les mesures humaines, varie entre une seconde et deux heures...

Encore un peu de temps, et un autre monde sera

créé, un petit Bouddha de corail pâle, cachant ses yeux, si éblouis d'être trop près de l'absolu qu'ils ne se sont jamais ouverts, cachant ses yeux de sa petite main pareille à une étoile...

Mais alors, l'homme et la femme se réveillent, escaladent le ciel et écrasent les dieux, cette vermine.

L'homme, ce jour-là, s'appelle Titan ou Malthus.

9
L'INDIEN TANT CÉLÉBRÉ PAR THÉOPHRASTE

On pénétrait dans le hall par une double porte. L'Indien ouvrit la première, qu'il referma derrière lui. Il entendit, au dehors, le bruit du verrou poussé par Bathybius et qui ne serait ôté que dans vingt-quatre heures. De son côté, il tira le verrou intérieur et étendit les bras vers la seconde porte...

Celle-ci s'était ouverte pendant qu'il se retournait, et il reconnut, debout, appuyée au chambranle, toute rose et toute nue, comme transparente sous la lumière des lampes, Ellen Elson qui lui souriait.

Avec la barbe, le lorgnon et les vêtements conformes à ceux de tout le monde, Marcueil avait dépouillé jusqu'au souvenir du monde.

Il n'y avait plus qu'un homme et une femme, libres, en présence, pour une éternité.

Vingt-quatre heures, n'était-ce pas une éternité

pour l'homme qui professait qu'aucun nombre n'avait d'importance ?

C'était l'*Enfin seuls* de l'homme et de la femme renonçant à tout pour se cloîtrer dans les bras l'un de l'autre.

— Est-ce possible ? soupirèrent leurs deux bouches, et elles ne dirent rien de plus, car elles s'unirent.

Mais l'ironie froide n'abandonnait pas ses droits sur Marcueil, même poudré de poudre d'or rouge et maquillé en Indien, aussi ridicule au fond – il s'en aperçut tout d'un coup – que le Marcueil homme du *monde*.

— Enfin seuls ! ricana-t-il avec amertume en repoussant Ellen. Et ces sept filles qui vont venir, et ce docteur qui regardera ?

Ellen ricana à son tour, d'un rire discordant de pierreuse ivre, du plus beau des rires.

— Tes femmes, les voilà ! Voilà (elle prit sur le lit et jeta quelque chose de froid comme une arme blanche à la poitrine de l'Indien) la clé de ton coffre-fort à femmes ! Il ferme très bien ! Je te les garde et elles sont très bien gardées. Mais elles sont à moi, tes femmes, puisque tu es à moi ! *Combien êtes-vous ?* m'a demandé un jour un petit monsieur pieds nus, emmailloté d'une robe de moine. C'est bien simple : JE SUIS SEPT ! Est-ce assez pour vous, mon Indien ?

— C'est fou ! dit Marcueil, qui, entre autres infinis, semblait disposé à épuiser celui de la froideur. Ce docteur, qui va *voir*... il te reconnaîtra.

— J'ai pris mon masque, dit Ellen.

— Belle malice ! Ton masque de chauffeuse, comme si beaucoup de femmes en portaient et si on ne savait pas que miss Elson est une chauffeuse assidue ! Tout le monde l'a vu. Bathybius te reconnaîtra mieux, voilà tout.

— Mes masques sont roses, et celui-ci est noir !

— C'est une raison... de femme.

— Alors... elle ne vaut rien ? Écoute, c'est le masque d'une de tes femmes, elles sont quatre qui en portent, c'est une mode... Et puis... Ah !... et puis, c'est bien bon pour un docteur ! Et aussi : le masque d'une de tes femmes, ça te fera plaisir, tu croiras embrasser sa figure... et moi je croirai lui avoir coupé la tête... Et puis... je ne suis pas tout à fait une fille, tu ne voudrais pas que je sois tout à fait toute nue !

Son visage disparut dans le velours noir. Ses yeux et ses dents brillaient.

Une seconde après, un déclic claquait, et les poils blancs de Bathybius givraient confusément une petite vitre au bout de la salle.

— Allons, Indien, plaisanta Ellen, la Science vous observe, la Science avec un grand S, ou plutôt, car ce n'est pas encore assez imposant... : la SCIENCE avec une grande SCIE...

Marcueil, toujours froid :

— Sais-tu, après tout, si je suis l'*Indien* ? Je le serai... peut-être... *après*.

— Je ne sais pas, dit Ellen, je ne sais rien, tu le seras et puis tu ne le seras plus... tu seras *plus* que l'Indien.

— ET PLUS ? rêva Marcueil. Qu'est-ce que cela veut dire ? C'est comme l'ombre fuyante de cette course... *Et plus,* cela n'est plus fixe, cela recule plus loin que l'infini, c'est insaisissable, un fantôme...

— Vous étiez l'Ombre, dit Ellen.

Et il l'enlaça, machinalement, pour s'accrocher à un appui palpable.

Dans un cornet de verre, sur une table, les embaumaient, non encore fanées, quelques-unes des roses du *Mouvement-Perpétuel.*

Comme un laurier tressé en couronne dont les feuilles palpitent au vent, le nom de cet être qui allait se révéler « au-delà de l'Indien » voleta et se précisa devant les yeux de Marcueil :

— LE SURMÂLE.

L'horloge annonça minuit et Ellen écouta :

— C'est fini ?... Alors... à vous, mon maître.

Et ils tombèrent l'un vers l'autre, leurs dents sonnèrent et le creux de leurs poitrines – ils étaient si absolument de la même taille – fit ventouse et retentit.

Ils commencèrent de s'aimer, et ce fut comme le départ d'une expédition lointaine, d'un grand voyage de noces qui ne parcourait point des villes, mais tout l'Amour.

Quand ils s'unirent d'abord, Ellen eut peine à ne pas crier, et son visage se contracta. Pour étouffer sa souffrance aiguë il lui fallait quelque chose à mordre, et ce fut la lèvre de l'Indien. Marcueil avait eu raison de dire que pour certains hommes toutes les femmes sont vierges, et Ellen en souffrit la preuve, mais elle ne cria point, quoique blessée.

Ils se repoussèrent au moment précis où d'autres s'enlacent plus étroitement, car tous les deux ils se souciaient d'eux seuls et ne voulaient point préparer d'autres vies.

Quand on est jeune, à quoi bon ? Ce sont de ces précautions que l'on prend – ou que l'on cesse de prendre – au bout de sa vieillesse, après son testament, sur son lit de mort.

Le second baiser, mieux savouré, fut comme la relecture d'un livre aimé.

Au bout de plusieurs seulement, Ellen put démêler quelque plaisir au fond des yeux étincelants et froids de l'Indien... elle crut comprendre qu'il était heureux de ce qu'elle était heureuse jusqu'à souffrir.

— Sadique ! dit-elle.

Marcueil éclata d'un rire franc. Il n'était pas de

ceux qui battent les femmes. Quelque chose en lui leur était bien trop cruel, pour qu'il eût besoin d'y ajouter.

Ils continuèrent, et chacun de leurs baisers fut une escale dans un pays différent où ils découvraient quelque chose et toujours une chose meilleure.

Ellen paraissait décidée à être un peu plus souvent heureuse que son amant, et à atteindre avant lui le but indiqué par Théophraste.

L'Indien approfondissait en elle des sources de plaisir angoissé, qu'aucun amant n'avait effleurées.

À DIX, elle bondit avec légèreté hors du lit et revint tenant une mignonne boîte d'écaille prise au cabinet de toilette.

— À DIX, avez-vous dit, mon maître, il faut panser les blessures avec certains baumes... Ceci est un excellent baume distillé en Palestine...

— Oui, *l'ombre grinçait,* murmura Marcueil. Il rectifia doucement : – À ONZE. Plus tard.

— Tout de suite, dit Ellen.

Les forces humaines furent franchies, comme, d'un wagon, on regarde s'évanouir les paysages familiers d'une banlieue.

Ellen se révéla courtisane experte, mais c'était si naturel ! l'Indien donnait si bien la sensation de quelque idole taillée dans des matériaux inconnus et purs, dont chaque partie que l'on caressait était la plus pure.

La fin de la nuit et toute la matinée, les amants n'eurent point d'heure de repos ni de repas : ils sommeillaient ou veillaient, ils n'auraient pu le dire ; ils grignotaient des gâteaux et des mets froids ; et boire – dans une même coupe – n'était qu'une des mille variantes de leur baiser.

À midi – l'Indien avait presque atteint et Ellen avait dépassé depuis longtemps le chiffre de Théophraste – Ellen se plaignit un peu.

— J'ai si chaud ! dit-elle en marchant par la salle, les mains sur ses seins tendus ; je ne suis pas assez nue. Est-ce que je ne pourrais pas ôter cette chose sur ma figure ?

Les yeux du docteur épiaient, de leur vitre.

— Quand l'ôterons-nous ? répéta Ellen.

— Quand le cerne de tes yeux débordera le masque, dit Marcueil.

— Qu'il déborde vite, gémit Ellen.

Il la prit sur ses bras où elle resta pliée comme un foulard froissé en boule ; il la recoucha comme une enfant, l'étendit, lui tira la peau d'ours sur les pieds en racontant, avec une pédanterie comique, pour la faire rire :

— Aristote dit en ses *Problèmes :* Pourquoi cela n'aide-t-il pas à l'amour d'avoir les pieds froids ?

Il lui récita des fables de Florian :

Une jeune guenon cueillit
Une noix dans sa coque verte...

Subitement, ils s'aperçurent qu'ils avaient faim.

Ils allèrent choir contre la table servie à la Gargantua, et mangèrent comme des pauvres à une soupe populaire, des pauvres qui se seraient creusé les entrailles par des apéritifs de milliardaires.

L'Indien engloutit toutes les viandes rouges et Ellen toutes les pâtisseries ; mais il ne but pas tout le champagne, parce que la femme préleva la mousse de la première coupe de chaque bouteille. Elle la mordait comme elle eût croqué des meringues.

Elle embrassait son amant après : aussi, par dessus son maquillage rouge, fut-il verni de choses sucrées sur toutes les parties du corps.

Ensuite, ils s'aimèrent à deux reprises... ils avaient le temps : il n'était pas deux heures de l'après-midi.

Puis ils dormirent : or, à onze heures vingt-sept du soir, ils dormaient encore, comme s'ils étaient morts.

Le docteur, dodelinant de la tête et près de s'assoupir lui-même, inscrivit le total alors atteint :

70

Et rentra son stylographe.

Le chiffre de Théophraste était égalé, mais non dépassé.

À onze heures vingt-huit, Marcueil se réveilla,

ou plutôt ce qui, en lui, constituait *l'Indien,* s'était réveillé avant lui.

Sous son étreinte Ellen cria douloureusement, se leva en titubant un peu, une main à sa gorge et l'autre à son sexe ; ses yeux furetèrent autour d'elle, comme un malade cherche une potion ou un éthéromane son Léthé...

Puis elle retomba sur le lit : sa respiration, à travers ses dents serrées, avait le même bruit d'imperceptible bouillonnement que font les crabes, ces bêtes qui fredonnent peut-être ce qu'ils essayent de se rappeler des Sirènes...

Tâtonnant toujours de tout son corps vers l'oubli de la brûlure profonde, sa bouche trouva la bouche de l'Indien...

Et elle ne se souvint plus d'aucune douleur.

Il leur restait, avant minuit, trente minutes, un temps qui leur suffit pour revivre, en comptant cette précédente étape, une fois le parcours connu des forces humaines...

82

inscrivit Bathybius.

Quand ils eurent achevé, Ellen se mit sur son séant, arrangea ses cheveux et fixa son amant avec des yeux hostiles :

— Cela n'a pas été amusant du tout, dit-elle.

L'homme ramassa un éventail, l'ouvrit à moitié et, à tour de bras, l'en gifla.

La femme sauta, dégaina de ses cheveux une longue épingle en forme de glaive, et pour une vengeance immédiate, visa les yeux de Marcueil qui luisaient à hauteur des siens.

Marcueil laissa agir sa force : ses yeux se défendirent d'eux-mêmes.

Sous leur regard d'hypnotiseur, au moment où la femme abattait l'arme, elle s'endormit, cataleptique.

Le bras qui se prolongeait d'acier resta horizontal.

Alors Marcueil posa son index entre les sourcils d'Ellen et la réveilla tout de suite, car il était l'heure.

10
QUI ES-TU, ÊTRE HUMAIN ?

Une petite chose misérable tinta, comme le bout ferré d'une béquille trébuche et sonne sur du pavé ; une petite chose misérable : minuit épuisa ses douze coups à l'horloge vétuste de Lurance.

Ce bruit terrestre ranima Ellen, qui commençait à s'assoupir de nouveau, cette fois d'un sommeil naturel. Elle compta les pleurs du timbre :

— Ha ha ! *les forces humaines !* ricana-t-elle, maussade un peu d'être dérangée par une intrusion si peu importante ; et elle se convulsa à force de rire et se rendormit roulée dans son rire.

La porte s'ouvrait.

Le docteur s'encadrait au seuil.

Bathybius chancela quelques secondes, étourdi par l'odeur d'amour et aveuglé par l'universelle blancheur des lampes électriques toutes allumées par l'immense salle, comme tous les cierges d'un autel paré pour des épousailles prodigieuses.

La femme masquée, les seins dressés, les doigts et les orteils révulsés et tremblant un peu, et dont le rire, dans son sommeil, devenait un râle très doux, gisait en travers de la peau d'ours...

La forme écarlate, nue, musclée et obscène de l'Indien bondit vers cette créature vêtue, chenue et à barbe de singe, qui franchissait la porte sans comprendre quelle démarcation elle enjambait.

Et le Surmâle salua, dans un rugissement de bête troublée dans sa bauge, Bathybius de la même phrase (parce qu'il n'y en avait pas d'autre à dire) dont l'éfrit Tonnerre-Tonitruant, dans les *Mille Nuits et Une Nuit,* accueille l'ambassade du vizir :

— Qui es-tu, être humain ?

La foule fourmillait par les galeries, et, tout au bout du dernier salon, minuscules, des hommes, joueurs d'instruments, stridulaient, comme des grillons dans une boîte.

11
ET PLUS

L'Indien nu et vermillonné fut emporté dans une cohue accaparante, la même qui acclame un champion, un acteur ou un roi.

Là-bas, au bout de la file illuminée des salons, des archets s'énervaient à faire jaillir des cordes quelque chose comme le *Te Deum* de l'amour exaspéré.

Un habit noir fleuri d'un parterre de décorations exubérantes et mal soignées – car, comme une mauvaise herbe, s'y glissait le Mérite agricole – s'empressa vers Marcueil, qui, à l'abri de son faux épiderme de Peau-Rouge, reconnut Saint-Jurieu.

— La dépopulation n'est plus qu'un mot, larmoya d'admiration le sénateur.

— À peine un mot, chantonna le général.

— La patrie peut compter tous les jours sur une

centaine de défenseurs de plus, s'écrièrent-ils ensemble.

— Quatre-vingt-deux seulement, rectifia en bégayant Bathybius. Mais quand l'Indien daignera s'en donner la peine, ce sera en vingt-quatre heures, en ne supposant que du six à l'heure : cent quarante-quatre !

— Une grosse, résuma Saint-Jurieu.

— On le serait à moins, dit le général.

— Et ce nombre peut être multiplié autant qu'on voudra par la fécondation artificielle, continua le docteur, qui s'excitait. Et cela sans même la présence de…

— L'auteur dont vous êtes l'éditeur, cher docteur ! plaisantèrent des voix.

— Je retiens un tirage à part, dit cyniquement Henriette Cyne qui était entrée on ne sait comment.

L'Indien, en réponse à tous les discours, fit, d'un tranquille signe de tête :

— Non.

— Que dit-il ? grommela le général ; qu'il ne veut pas faire d'enfants ? mais qui en fera, alors ?

L'Indien, toujours impassible et muet, promena son regard en cercle, leva l'index et le posa sur la poitrine constellée de Saint-Jurieu.

— C'est toujours ceux qui ne peuvent pas qui essayent, interpréta avec philosophie Henriette Cyne.

Et l'Indien s'esquiva, inquiet de l'incognito

d'Ellen, qui pouvait n'être pas respecté. Il courut au hall, dont il avait refermé la porte.

À peine était-il entré, qu'un corps souple, tiède encore de ses bras à lui, l'enlaça et le culbuta sur le lit de fourrure.

Et le souffle de la jeune femme susurra, dans un baiser qui lui fit bourdonner l'oreille :

— Enfin, on est quitte de ce pari, pour être agréable à… M. Théophraste ! Si nous pensions à nous maintenant ? *Nous ne nous sommes pas encore aimés*… pour le plaisir !

Elle avait mis les deux verrous.

Soudain, près du plafond, une vitre cassa, et les éclats plurent sur le tapis.

12
Ô BEAU ROSSIGNOLET

C'est à ce moment que les femmes enfonçaient le panneau vitré.

Les débris tintèrent au commencement de la chute, puis furent bus par les poils du tapis, où le son s'étouffa, de même façon qu'un éclat de rire, qui s'aperçoit qu'il sonne faux, s'interrompt.

Les femmes n'essayèrent pas tout de suite de rire.

— Hé, les amoureux, dit enfin Virginie.

— Vous n'avez pas encore fini, depuis avant-hier ? demanda Irène.

— Ils disent eux-mêmes qu'ils n'ont pas encore commencé, ricana Eupure.

— Vous nous attendiez ? dit Modeste.

Elles se pressaient derrière le châssis de fer,

mais André et Ellen n'apercevaient que le haut des visages.

— Il n'y a pas moyen de les faire taire ? gronda le Surmâle. Cache-toi, ordonna-t-il à Ellen.

— Ça m'est bien égal qu'elles nous voient, du moment qu'elles ne te montrent que leur figure, dit Ellen. Je porte autrement mon masque.

Comme une Majesté ouvrirait avec orgueil l'écrin unique des diamants royaux, elle détacha les bras de l'Indien, qui, l'enlaçant, cachaient un peu de ses épaules.

Puis elle fit le geste qui n'est permis qu'aux souveraines, elle se mit à genoux devant l'homme.

Il n'y a que les filles, nées servantes, qui se croient obligées de racheter leurs services par un supplément de tarif.

Elle caressait Marcueil avec emportement. Sa bouche, qui mordait, en voulait à l'homme de n'être pas encore épuisé. Il n'aimait donc pas sa maîtresse, puisqu'il ne s'était pas encore tout donné, donné jusqu'à ne plus donner !

L'Indien se pâma à diverses reprises, passif tantôt comme un homme, tantôt comme une femme…

À coup sûr c'était là la réalisation de ce qu'entendait Théophraste par : « Et plus. »

Les imprécations des filles flottaient au-dessus d'eux comme un dais.

Amusés d'abord, ils s'exaspérèrent. Marcueil se

releva, saisit une légère potiche japonaise et ébaucha le geste de la lancer vers la meurtrière. Mais il se ravisa : il n'était pas chez lui, puisqu'il était *l'Indien*.

— Il faut du bruit, pourtant, pour les faire taire, dit-il. Ah ! si j'avais un cor de chasse !

Ses yeux cherchèrent sur la grande table encombrée où il avait reposé la potiche.

Et soudain, avec la décision brusque d'un homme attaqué qui charge un revolver, il prit un objet cylindrique dans le tiroir.

Là-haut, des voix s'effarèrent.

— Pas de blague, monsieur le sauvage, s'écria Virginie, laquelle ne pouvait quitter la brèche, s'en étant approchée la première, et y restant maintenue par la poussée de ses compagnes.

— N'ayez pas peur, railla Ellen, empoignant André d'un geste d'une impudeur tragique ; n'ayez pas peur, mesdames, je le tiens !

André se dégagea, haussa les épaules, parut remonter avec une clé une sorte de boîte supportant une corolle de cristal, celle où l'on avait plongé, sans eau, la gerbe de roses et qui semblait n'être inclinée que par le poids des fleurs ; et un phonographe haut-parleur, qui occupait le centre de la table où ils avaient mangé, lança de son pavillon, bizarrement bouché de parfums et de couleurs, un chant puissant qui remplit le hall.

— Bravo, dit encore Virginie.

On n'entendit pas le mot, mais on vit le geste de ses mains grasses, s'efforçant par ironie d'applaudir sans cesser de la suspendre à son observatoire.

— Pourquoi pas – et elle cria à tue-tête pour percer le mugissement d'orgue de l'énorme instrument – : un cinématographe ?

Les lèvres des filles bougeaient, mais leurs voix étaient désormais couvertes.

Qu'ils eussent entendu ou non la phrase de Virginie, André et Ellen parurent disposés à répondre à la demande en la réalisant par quelque attitude théâtrale : l'Indien avait cueilli une rose rouge de la gerbe et l'offrit, avec une tendresse qui s'amusait à jouer la cérémonie, à la femme masquée sur le divan ; puis ils unirent leurs bouches une minute, sans plus de souci de témoins désormais impuissants à les troubler ; et ils se laissèrent bercer à la vibration de l'ample musique.

André avait glissé un rouleau au hasard dans le phonographe ; et quand il revint aux côtés d'Ellen, poser sur sa chair d'ivoire jeune la rose vermillon qui semblait un morceau arraché de son épiderme de Peau-Rouge, tout entier couleur de bouche, l'instrument commençait une vieille romance populaire.

Quoique André Marcueil n'ignorât point que la chanson était fort connue et imprimée dans plusieurs recueils de folklore, il tressaillit désagréablement à la curieuse coïncidence de son geste et des premiers vers :

> *J'ai cueilli-z-une rose*
> *Pour offrir à ma mi-i-e,*
> *Ô beau rossignolet !*

Ellen eut un cri, cacha sa tête sous le bras de Marcueil, puis la releva, regarda son amant dans les yeux d'un air qui signifiait clairement, malgré le masque :

— Voilà une chose extraordinaire, mais si c'est toi qui l'as faite, ça ne m'étonne plus.

André redevenu maître de lui et dissimulant tout trouble, elle se mit à rire joyeusement ; mais à un second examen, si rapide qu'il fût, de la physionomie de Marcueil, elle y découvrit un nuage qu'elle crut expliquer.

— Vous n'allez pas être jaloux, monsieur, dit-elle, que cette bouche en verre se vante de m'offrir des fleurs ? Il a raison, chéri, elles étaient à lui. Il vous donne des leçons de galanterie.

Et comme elle savait de vilains mots, elle précisa :

— *Miché sérieux,* n'est-ce pas, c'est comme cela qu'on dit ?

L'instrument avait répété, pendant ce temps :

> *J'ai cueilli-z-une rose*
> *Pour offrir à ma mi-i-e.*

Puis il fit une espèce de trille macabre, un interminable *krr...,* comme pour gronder la jeune femme de sa familiarité, ou pour s'éclaircir la voix ; mais c'était simplement une pause avant le second couplet :

> *La rose que j'apporte*
> *Est une triste nouve-el-le,*
> *Ô beau rossignolet !*
> *La rose que j'apporte*
> *Est une triste nouve-el-le.*

L'entonnoir de cristal vibra, prolongeant ses deux dernières syllabes comme un appel mourant :
— *El-le-n !*
Il eut l'air, avec le reste des fleurs, d'un grand monocle pour cyclope méchant, qui les regardait, ou d'un tromblon de brigand sur la grande route de leur amour, ou, et c'était encore pis, de la boutonnière d'un vieux monsieur très chic, fleurie de toute une réserve de choses sanglantes qui allaient être aussi « de tristes nouvelles ».

> *Au premier tour de danse*
> *La bell' chang' de couleu-eu-re,*
> *Ô beau rossignolet !*

— Au premier ? dit Ellen qui changea en effet de couleur, car elle rougit. Ce porte-bouquet a ôté un peu tard les tiges de fleurs qu'il avait dans l'œil, s'il nous découvre seulement maintenant.

— Un tour, c'est toujours le premier, dit l'Indien.

Ellen ne répondit pas, car ils s'aimèrent.

Le vieux monsieur au monocle de cristal était un voyeur beaucoup plus indiscret que Bathybius, car il recommença – sans attendre et apparemment tout en les observant – de sa voix chevrotante :

> *... let*
> *hé hé hé hé hé hé...*
> *Krrr...*
> *Au premier tour de danse*
> *La bell' chang' de couleu-eu-re.*

Il avait une façon extrêmement comique, aspirée et subite de reprendre

> *... eu... re.*

C'était un hoquet, un sanglot, et un jeu de mots : *heureux.*

Puis il fit : krrr..., et attendit, comme un simple Bathybius. Il avait imposé un silence, définitif aux femmes de là-haut, et, son monocle légèrement tremblotant, il continua – ni Ellen ni André ne trouvaient plus absurde qu'aucune autre chose humaine ou surhumaine ce monocle fleuri – :

Au deuxièm' tour de danse...

Sans nouvelle injonction, et comme par un érotisme suggéré, hypnotisés, André et Ellen obéirent.

> *La belle change enco-o-re,*
> *Ô beau rossignolet !*
> *hé... hé... hé...*
> *Au deuxièm' tour de danse*
> *La belle change enco-o-re.*

On entendait : *hor-reux,* quelque chose comme un barbarisme inquiétant. Au moment où l'être aux fleurs fit krr, la tête d'Ellen se renversa avec un petit râle qui n'était pas amoureux, et le Surmâle sentit la sienne tourner agitant ces associations d'idées insanes et ces mots inaccoutumés :

— ... *horreux...*
amoureux,

— Des rimes. Horreux, c'est bien clair, pas tout à fait HORRIBLE, comme sulfureux, HoO^2. Mais il y a erreur tout de même, on ne dit pas l'*acide horrique...*

— Je suis un peu saoule, murmura en même temps Ellen. J'ai si mal !

Et au milieu de cette folie, il comprit, dans un éclair lucide, que s'il ne faisait pas taire, comme il avait fait taire les filles, tout de suite là-bas sur la table cette voix impérieuse qui était maîtresse de ses sens hyperesthésiés, de sa moelle et presque de son cerveau, il lui faudrait posséder encore, et son sexe ne pourrait pas ne pas la posséder, la femme en train de mourir que ses bras n'avaient pas lâchée.

Il l'aurait bien tuée maintenant, à coups de couteau, pour ne pas être forcé de la faire souffrir autrement. Les yeux étaient clos, et une petite larme les entr'ouvrait pour sortir, mouillant l'œillère du masque. On eût dit que c'était le masque qui pleurait. Les seins érigeaient une jouissance ou une souffrance qui n'était plus terrestre. André voulut se lever pour arrêter ou briser le phonographe, saisir la potiche et en écraser le pavillon de verre. Il remarqua, surpris de ne s'en souvenir que si tard, à portée de son bras, à côté du lit, les accessoires de sa défroque d'Indien d'opéra-comique. Il lança le tomahawk, que, bien entendu, il ne savait pas lancer, et qui heurta le dossier d'une chaise avec sa partie non tranchante, au mépris de tous les récits de Fenimore Cooper ; il jeta ensuite une pantoufle d'Ellen, qui fut un projectile plus meurtrier : elle choqua le bord de la corolle de cristal, qui vibra sans se rompre ni se renverser, et elle balaya aussi les dernières roses, qui tombèrent. Tout ce que nous venons de raconter si longuement se passa pendant le *la-sol* qui correspondait aux deux syllabes *o-re*.

Le pavillon du phonographe eut l'air de la

gueule luisante d'un serpent, menaçante et qui ne se cachait plus sous les fleurs ; et André, fasciné, dut obéir à l'ordre, et son sexe comme lui dut obéir à l'ordre : le monstre ordonna à voix limpide et éclatante :

> *Au troisièm' tour de danse...*
> *La belle tombe mo-or-te,*
> *Ô beau rossignolet !*
> *Au troisièm' tour de danse*
> *La belle tombe mor...*

André n'entendit pas le hoquet final : un cri énorme et suraigu, fait de sept cris, avait jailli de la galerie des femmes, dont les visages abandonnèrent précipitamment la fenêtre. André, l'ensorcellement rompu, se releva, sans avoir jusqu'au bout obéi à l'impulsion maniaque... Le phonographe eut un dernier krr et s'arrêta. Ce fut tout à fait comme le déclenchement d'un réveille-matin, quoique ce ne fût pas la fin d'un rêve. L'aube bleue et froide du second jour qu'ils étaient là laissa tomber, des hautes fenêtres du hall, son suaire sur le divan. Ellen ne respirait plus, son cœur ne battait plus, ses pieds et ses mains étaient de la même glace que l'aube.

Une nouvelle cohue de souvenirs baroques jacassa dans le cerveau désemparé du Surmâle :

« Pourquoi, dit Aristote en ses *Problèmes,* n'est-il pas utile à l'acte sexuel d'avoir les pieds froids ? »

Puis il ricana malgré lui, quoiqu'un moi obscur lui chuchotât en dedans qu'il avait lieu de pleurer ; puis il pleura quoiqu'un autre moi, qui paraissait nourrir une haine individuelle contre le précédent, lui expliquât copieusement, bien qu'en un instant, que c'était la belle heure pour rire aux éclats. Ensuite il se roula sur le sol dans toute la longueur du hall. Son corps tout nu rencontra sur les dalles un petit rectangle de surface velue et moelleuse. Il s'ébahit, jusqu'à croire être devenu fou, que la peau d'ours servant de tapis lui parût de dimensions si réduites.

C'était le masque d'Ellen, qui était tombé pendant l'agonie.

13

LA DÉCOUVERTE DE LA FEMME

Son masque était tombé...
Ellen était maintenant toute nue.

Sauf son masque, depuis deux jours il la possédait toute...

Sans son masque, il l'avait vue souvent, avant ces deux jours ; mais le temps se mesure au nombre d'événements qui le remplissent et le distendent. La minute où elle l'attendit toute rose, son bras droit relevé, appuyée contre le chambranle, devait remonter au commencement des âges...

... Au temps où quelque chose de Surhumain créa la femme.

— Est-ce possible ? disaient-ils en ce passé.

Le masque était tombé, et il parut d'une évidence absolue au Surmâle que, bien qu'il possédât depuis deux jours Ellen toute nue, il ne l'avait jamais vue, même sans son masque.

Il ne l'aurait jamais vue, si elle n'eût pas été morte. Les prodigues deviennent généralement avares au moment précis où ils s'aperçoivent que leur trésor est dilapidé.

Le Surmâle ne reverrait plus Ellen, dont la forme allait retourner, par les contractures musculaires qui précèdent la décomposition, à ce qui fut avant toute forme. Il ne s'était jamais demandé s'il l'avait aimée ni si elle était belle.

La phrase d'où était née la prodigieuse aventure se représenta à son esprit telle que, personnage volontairement et falot et quelconque, il l'avait par caprice proférée :

— L'amour est un acte sans importance, puisqu'on peut le faire indéfiniment.

Indéfiniment...

Si. Il y avait une fin.

La fin de la Femme.

La fin de l'Amour.

« L'Indien tant célébré par Théophraste » savait bien que la fin viendrait de la femme, mais il supposait que cet être joli, fragile et futile (il rit à ce mot, se le figurant mentalement prononcé à la latine par un Dominicain : *foutile),* cet être futile renoncerait à la volupté si elle n'était plus la fin immédiate, si elle n'était que le moyen d'une volupté plus exaspérée, plus héroïque et plus sur la limite de la douleur.

Il avait mis sept femmes, en réserve, dans la galerie, pas autrement qu'Arthur Gough n'aurait emmené sept automobiles de rechange... en cas de *panne*.

Il rit encore, mais pleura nerveusement en regardant Ellen.

Elle était très belle.

Elle avait tenu sa promesse : le masque était tombé, mais le cerne des yeux l'avait remplacé, si grand ! D'autres masques allaient se poser partout sur elle, comme des flocons de neige violette : les marbrures cadavériques qui commencent aux narines et au ventre.

Le marbre de la vivante était encore pur et lumineux : à la gorge et aux hanches, les mêmes nielles imperceptibles qu'a l'ivoire fraîchement coupé.

Marcueil découvrit en soulevant les paupières d'un index délicat, qu'il n'avait jamais vu la couleur des yeux de sa maîtresse. Ils étaient obscurs jusqu'à défier toute couleur comme les feuilles mortes, si brunes au fond des douves limpides de Lurance ; et on eût dit que c'étaient deux puits dans le crâne, forés pour la joie de voir le dedans de la chevelure à travers.

Les dents étaient de minutieux joujoux bien en ordre. La mort en avait rapproché avec soin les deux rangs, comme de minuscules dominos, vierges de points – trop enfants pour savoir compter – dans une boîte de surprises.

Les oreilles, à n'en pas douter, avaient été « ourlées » par quelque dentellière.

Les bouts des seins étaient de curieuses choses roses qui se ressemblaient mutuellement, et à rien autre.

Le sexe avait l'air d'un petit animal éminemment stupide, stupide comme un coquillage – vraiment, il en avait bien l'air – mais non moins rose.

Le Surmâle s'aperçut qu'il était en train de découvrir la Femme, exploration dont il n'avait encore pas eu le loisir.

Faire l'amour assidûment ôte le temps d'éprouver l'amour.

Il baisa, comme des joyaux rares, dont il allait être obligé de se défaire tout de suite et pour toujours, toutes ses découvertes.

Il les baisa, – ce dont il n'avait encore jamais eu l'idée, s'imaginant que c'était prouver une impuissance momentanée de caresses plus viriles – il les baisa pour les récompenser de ce qu'il les avait découvertes, il se dit presque : inventées.

Et il commença de s'assoupir doucement près de sa compagne endormie dans l'absolu, comme le premier homme s'éveilla près d'Ève et la crut sortie de sa côte parce qu'elle était à côté de lui, dans sa surprise bien naturelle de trouver la première femme, épanouie par l'amour, là où s'était couchée quelque femelle encore anthropoïde.

Il murmura son nom dont il comprenait pour la première fois le sens :

— Hélène, Hélène !

« Hélène, Hélène ! » chanta une musique à travers son cerveau, comme si le phonographe eût encore fonctionné et imposé un rythme.

Et Marcueil s'aperçut qu'à ce stade de la dépense de son énergie où un autre homme eût été fatigué il devenait sentimental. C'était sa façon de transposer le *post coitum animal triste*. De même que l'amour lui avait été un repos du travail de ses jambes, par un semblable équilibre son cerveau demandait à entrer en activité à son tour. Et simplement pour s'endormir, il fit des vers :

> *Une forme nue et qui tend les bras,*
> *Qui désire et qui dit : Est-ce*
> *   possible ?*
> *Yeux illuminés de joie indicible,*
> *— Qui peut, diamants, nombrer vos*
> *   carats ?*

> *Bras si las quand les étreintes les*
> *   rompent,*
> *Chair d'un autre corps pliée à*
> *   mon gré,*

*Et grands yeux si francs, surtout
    quand ils trompent,
— Salez moins vos pleurs, car je les
    boirai.*

*Au frisson debout elle est, endormie,
Un cher oreiller en qui bat un cœur ;
Mais rien n'est plus doux que sa
    bouche amie,
Que sa bouche amie, et c'est le
    meilleur.*

*Nos bouches, formez une seule
    alcôve,
Comme on unit deux cages par leurs
    bouts
Pour célébrer un mariage fauve
Où nos langues sont l'épouse et
    l'époux.*

*Tel Adam qu'anime une double
    haleine
À son réveil trouve Ève à son côté,*

Mes sommeils enfuis, je découvre Hélène,
Vieux mais éternel nom de la beauté.

Au fond des temps par un cor chevroté :

— Hélène,
La plaine
Hellène
Est pleine
D'Éros.

Vers Troie
La proie,
S'éploie
La joie
D'Argos.

L'agile
Achille

Mutile
La ville
Où pâme
Priam.

Le sillon de son char qui traîne
Hector à l'entour des remparts
Encadre un miroir où la reine
Toute nue et cheveux épars,

La reine
Hélène
Se pare.

— Hélène,
La plaine
Hellène
Est pleine
D'amour.

Le vieux Priam implore sur la tour :

*— Achille, Achille, ton cœur est
 plus dur
Que l'or, l'airain, le fer des armures,
Achille, Achille, plus dur que nos
 murs,
Que les rochers bruts de nos
 remparts !*

À son miroir Hélène se pare :

*— Mais non, Priam, il n'est rien
 si dur
Que le bouclier d'ivoire de mes
 seins ;
Leur pointe s'avive au sang des
 blessures,
De corail comme l'œil de blancs oi-
 seaux marins :
Dans la prunelle froide on voit l'âme
 écarlate.
Il n'est rien si dur, non, non, non,
 Priam.*

Pâris archer
Comme Cupidon
S'en vient flécher
Achille au talon ;

Pâris-Éros
Si blond et si rose,
Le beau Pâris, juge des déesses,
Qui choisit d'être amant d'une
    femme ;
Le ravisseur d'Hélène de Grèce,
Fils de Priam,
Pâris l'archer est découvert :
Sur sa trace éperdue exulte un char
    de guerre,
Son sexe et ses yeux morts nour-
    rissent les vautours :

— Hélène,
La plaine
Hellène
Est pleine
D'amour.

Destin, Destin, trop cruel Destin !
Le buveur du sang des mortels
    festoie :
Les corps hellènes jonchent la plaine
    de Troie,
Destin et vautours font même festin.
Trop cruel Destin, dur aïeul des
    dieux !

Mais Hélène ouvrant ses beaux yeux
    limpides :

— Destin n'est qu'un mot, et les
    cieux sont vides,
S'il était des cieux autres que mes
    yeux.
Mortels, osez en scruter sans pâlir
L'abîme de bleu, l'arrêt s'y peut
    lire :
L'époux et l'amant, Ménélas, Pâris,
Sont morts et de morts la plaine est
    couverte

Pour faire à mes pieds un plus doux
  tapis,
Un tapis d'amour qui palpite et
  bouge ;
Et puis j'ai souvent une robe verte

Et... je ne sais pas... ces jours-là,
  j'aime le rouge.

— Hélène est morte, se répétait à travers son sommeil « l'Indien tant célébré par Théophraste ». Que me reste-t-il d'elle ? Le souvenir de sa grâce, son souvenir léger et délicat et parfumé, l'image flottante et délicieuse de la vivante, presque plus délicieuse que la vivante, car je suis sûr qu'elle ne me quittera jamais, et ce n'est que le désir de l'éternité impossible qui obsède et gâte les joies éphémères des amants. Sa mémoire, je la porterai toujours avec moi, le trophée léger, flottant et parfumé et immortel de sa mémoire, un cher fantôme dont la forme ondulante et fluide baigne, hydre voluptueuse, de la caresse de ses tentacules ma tête et mes reins. Indien tant célébré par Théophraste, tu la porteras toujours, sa mémoire un peu sanglante, si parfumée et légère et flottante, tu la porteras comme un Indien chasseur de scalps... *sa chevelure !*

Et du fond de l'être de cet homme si anormal qu'il n'avait pu échauffer son cœur qu'à la glace d'un cadavre, l'aveu de cette certitude monta, arraché par une force :

— Je l'adore.

14
LA MACHINE AMOUREUSE

Au moment où Marcueil prononçait : « Je l'adore », Ellen n'était plus à ses côtés.

Ellen n'était pas morte.

Évanouie ou pâmée seulement : les femmes ne meurent jamais de ces aventures-là.

Son père accueillit avec stupeur le retour de l'enfant malade, grisée, heureuse et cynique ; et Bathybius, appelé à la hâte, Bathybius, en dépit du masque de la femme et du secret professionnel, en dépit surtout de ses préjugés professionnels, confirma :

— J'ai vu – aussi vrai que si je l'avais tenu sous le microscope ou le spéculum – j'ai vu, face à face, l'Impossible.

Mais les filles délivrées parlèrent et leur jalousie se vengea.

Virginie arriva chez Elson, et très belle, miraculeusement fardée, le front si pur et les yeux si candides qu'on eût dit la Vérité vivante, elle déclara :

— Le docteur est un vieux fou. Nous avons été là tout le temps. Il ne s'est rien passé d'extraordinaire. Le second jour ils n'avaient encore rien fait, et, quand nous les avons regardés, pour essayer de nous épater ils se sont aimés trois fois, et puis après, la femme n'a plus voulu.

On ne put arracher à Ellen d'autre mot que :
— Je l'aime.
— T'aime-t-il ? demanda son père.

Quelle que fût la dose de déshonneur versée par le Surmâle, l'Américain n'en considérait qu'une conséquence : il fallait qu'André Marcueil épousât sa fille.

— Je l'aime, répondait à tout Ellen.
— Alors, il ne t'aime pas ? dit Elson.

Cette prévention causa en grande partie le dénouement tragique de cette histoire.

Bathybius, désemparé par ce qu'il avait vu, contribua à suggérer à William Elson cette idée : « Ce n'est pas un homme, c'est une machine. »

Il ajouta la vieille phrase qu'il avait pris l'habitude de répéter à tout propos quand il parlait de Marcueil :

— Cet animal ne veut rien savoir.
— Il faut qu'il aime ma fille, pourtant, réflé-

chissait Elson, affolé à la fois et pratique, prêt à se montrer pratique jusqu'à l'absurde s'il était nécessaire. Voyons, docteur, la science doit y pouvoir quelque chose !

La science chavirante de Bathybius se serait comparée assez bien à une boussole dont l'aiguille gyrait comme un tourniquet à macarons pour s'arrêter n'importe où, excepté au nord. Le cerveau du médecin devait être à peu près dans le même état que le dynamomètre brisé un jour par le Surmâle.

— L'antiquité a eu ses philtres, rêvait le chimiste. Il faudrait pouvoir retrouver les procédés, vieux comme la superstition humaine, de contraindre une âme à l'amour !

Arthur Gough, consulté, dit :

— Il y a la suggestion... l'hypnotisme... c'est infaillible, mais cela est du ressort du docteur.

Bathybius frissonna.

— Je l'ai vu endormir la femme... l'endormir... *in articulo mortis*... pour lui, car elle allait lui enfoncer son épingle dans les yeux... Ses yeux feront tomber n'importe qui à la renverse... Personne n'est assez fou pour regarder dans les yeux, la nuit, le fanal double d'une locomotive qui grandit en s'approchant, je suppose ?

— Alors, dit Arthur Gough, revenons à des procédés anciens. Les Pères du Désert connaissaient une machine qui répond peut-être à ce que nous voulons, si l'on s'en rapporte à ce passage de la vie de saint Hilarion par saint Jérôme :

Certes, ta force [Démon] doit être bien grande, puisque tu es ainsi enchaîné et arrêté par une lame de cuivre et par une tresse de fil !

— Un appareil magnéto-électrique, dit sans hésiter William Elson.

Et c'est ainsi qu'Arthur Gough, le mécanicien capable de tout construire, fut appelé à réaliser la machine la plus insolite des temps modernes, la machine qui n'était pas destinée à produire des effets physiques, mais à influencer des forces considérées jusqu'à ce jour comme insaisissables : la Machine-à-inspirer-l'amour.

Si André Marcueil était une machine ou un organisme de fer se jouant des machines, eh bien, la coalition de l'ingénieur, du chimiste et du docteur opposerait machine à machine, pour la plus grande sauvegarde de la science, de la médecine et de l'humanité bourgeoises. Si cet homme devenait une mécanique, il fallait bien, par un retour nécessaire à l'équilibre du monde, qu'une autre mécanique fabriquât… de l'âme.

La construction de l'appareil, pour Arthur Gough, était simple. Il ne donna aux deux autres savants aucune explication. Tout fut équipé en deux heures.

Il s'inspira de l'expérience de Faraday : entre

deux pôles d'un puissant électro-aimant, si l'on jette une pièce de cuivre, la pièce, de métal non magnétique, ne peut être influencée, et pourtant elle ne tombe pas : elle descend avec lenteur comme si quelque fluide visqueux occupait l'espace entre les pôles de l'aimant. Or, si l'on a le courage d'exposer sa tête à la place de la pièce – et Faraday, comme on sait, affronta cette expérience – on n'éprouve absolument rien. Ce qui est extraordinaire, c'est précisément qu'on n'éprouve absolument rien ; et ce qui est terrible, c'est que RIEN n'a jamais signifié autre chose, en matière de sciences, que l'« on ne sait quoi », la force inattendue, l'x, peut-être la mort.

Autre fait connu, qui servit également à établir l'appareil : les condamnés sont électrocutés, d'ordinaire, en Amérique, par un courant de deux mille deux cents volts : la mort est instantanée, le corps grille et les convulsions tétaniques sont effrayantes à ce point, qu'il semble que l'appareil qui a tué s'acharne sur le cadavre jusqu'à le ressusciter. Or, si l'on est soumis à un courant plus que quadruple – soit dix mille volts – *il ne se passe rien.*

Notons, pour élucider ce qui va suivre, que l'eau vive des douves actionnait, à Lurance, une dynamo de onze mille volts.

André Marcueil, toujours plongé dans sa torpeur, fut ligoté sur un fauteuil par ses domestiques – partout les domestiques obéissent à un docteur quand ce docteur diagnostique que leur maître est malade ou fou. Ses bras et ses jambes étaient écartelés par des courroies, et un objet étrange était posé sur son crâne : une sorte de couronne crénelée, en platine et dont les dents étaient dirigées en bas. Devant et derrière il semblait qu'il y eût un gros diamant taillé en table : car la couronne était en deux parties, chacune munie d'une oreillette de cuivre rouge, doublée d'une éponge imbibée assurant le contact à gauche et à droite, sur les tempes ; les deux demi-cercles de métal étaient isolés l'un de l'autre par une lame épaisse de verre, dont les extrémités, au-dessus du front et au-dessus de l'occiput, scintillaient comme des cabochons. Marcueil ne s'éveilla point quand les ressorts des deux plaques latérales lui firent mal aux tempes, mais c'est à ce moment qu'il rêva de scalps et de chevelures.

Le docteur, Arthur Gough et William Elson observaient, invisibles, de la pièce voisine ; et le patient couronné, qu'on n'avait point rhabillé et dont le maquillage était parti par places comme se dédore une statue, offrait un spectacle si peu humain, que les deux Américains, qui « avaient de la Bible » et du Nouveau Testament, eurent besoin de quelques minutes de sang-froid et d'appel à leur sens pratique pour chasser l'image, pitoyable et surnaturelle, du Roi des Juifs diadémé d'épines et cloué en croix.

Était-ce une force capable de rénover ou de détruire le monde, qu'ils avaient mise aux abois ?

Des déroulements d'électrodes, gaînés de gutta-percha et de soie verte, tenaient le Surmâle en laisse par les tempes ; ils serpentaient et se perdaient, trouant le mur comme une vermine s'enfuit en rongeant, quelque part vers le bourdonnement crépitant de la dynamo.

William Elson, savant curieux et père pratique, se disposa à lancer le courant.

— Une minute, dit Arthur Gough.

— Qu'y a-t-il ? demanda le chimiste.

— C'est que, dit l'ingénieur, s'il est possible que cet engin donne le résultat désiré... il est possible aussi qu'il ne donne rien du tout ou autre chose. Et puis, il a été fabriqué un peu vite.

— Tant mieux, ce sera une expérience, interrompit Elson, et il pressa le commutateur.

André Marcueil ne bougea pas.

Il eut l'air d'éprouver une sensation plutôt agréable.

Les trois savants, qui épiaient, interprétèrent que Marcueil comprenait distinctement *ce que lui voulait* la machine. Car c'est à ce moment précis que, dans son rêve, il proféra :

— Je l'adore.

La machine fonctionnait donc au gré des prévisions calculées de ses constructeurs ; mais il se passa un phénomène, indescriptible, qui aurait dû pourtant avoir sa place dans les équations.

Tout le monde sait que, lorsque deux machines électrodynamiques sont en contact, c'est celle dont le potentiel est le plus élevé qui *charge* l'autre.

Dans ce circuit antiphysique où étaient reliés le système nerveux du Surmâle et ces onze mille volts qui n'étaient peut-être plus de l'électricité, ni le chimiste, ni le docteur, ni l'ingénieur ne purent nier l'évidence : c'était l'homme qui influençait la Machine-à-inspirer-l'amour.

Donc, ainsi qu'il était mathématiquement à prévoir, si la machine produisait véritablement de l'amour, c'est LA MACHINE QUI DEVINT AMOUREUSE DE L'HOMME.

Arthur Gough descendit en deux bonds vers la dynamo et téléphona, épouvanté, que c'était bien elle qui devenait réceptrice, et qu'elle tournait à l'envers à une vitesse inconnue et formidable.

— Je n'aurais jamais cru cela possible... jamais... mais c'est si naturel, au fait ! murmura le docteur : en ce temps où le métal et la mécanique sont tout-puissants, il faut bien que l'homme, pour survivre, devienne plus fort que les machines, comme il a été plus fort que les fauves... Simple adaptation au milieu... Mais cet homme-là est le premier de l'avenir...

Cependant, Arthur Gough, d'un geste machinal, et comme il était, à l'instar des deux autres, un homme pratique, Arthur Gough, pour ne pas laisser perdre cette énergie inattendue, mit la dynamo en relation avec une batterie d'accumulateurs...

Le temps de remonter, et il assista à un spectacle terrible : soit que la tension nerveuse du Surmâle eût atteint un trop fabuleux potentiel, soit qu'elle eût défailli au contraire (peut-être parce qu'il était en train de s'éveiller) et que les accumulateurs, surchargés par elle tout à l'heure, fussent les plus forts et reversassent leur trop-plein maintenant, soit pour toute autre cause, la couronne de platine passa au rouge-blanc.

Dans un paroxysme d'effort douloureux, Marcueil fit sauter les courroies qui retenaient ses avant-bras et porta les mains à sa tête ; sa couronne – sans doute par un défaut de construction que William Elson reprocha, depuis, amèrement à Arthur Gough : – la plaque de verre pas assez épaisse ou trop fusible – sa couronne s'incurva puis se ploya par le milieu.

Les gouttes de verre fondu coulaient, comme des larmes sur le visage du Surmâle.

En touchant le sol, plusieurs explosaient violemment, à la manière des larmes bataviques.

On sait que le verre, liquéfié et trempé dans certaines conditions – ici, trempé par l'eau acidulée des éponges de contact – se résout en gouttes explosibles.

Les trois spectateurs cachés virent avec netteté

la couronne basculer et, devenue mâchoire incandescente, mordre de toutes ses dents l'homme aux tempes. Marcueil hurla et bondit, rompant ses derniers liens, arrachant les électrodes dont les spires bruissaient derrière lui.

Marcueil dévalait les escaliers... Les trois hommes comprirent ce que peut avoir de lamentablement tragique un chien, une casserole à la queue.

Quand ils sortirent sur le perron, ils n'aperçurent plus qu'une silhouette grimaçante, que la douleur avait lancée çà et là, à une vitesse surhumaine, par l'avenue ; qui s'était cramponnée avec une poigne d'acier à la grille, sans autre dessein que de fuir et de se débattre, et qui avait faussé deux des barreaux carrés de cette grille monumentale.

Cependant, dans le vestibule, les fils rompus tressautaient, électrocutant raide un domestique accouru, et mettant le feu à une tenture qui se dévora, sans flamme, avec une lenteur sournoise, ayant l'air de se pourlécher d'une lèvre rouge.

Et le corps d'André Marcueil, tout nu et doré par places d'or rouge, restait entortillé autour des barreaux, ou les barreaux autour du corps...

Le Surmâle était mort là, tordu avec le fer.

Ellen Elson est guérie et mariée.
Elle a imposé une seule clause à l'acceptation

d'un époux : qu'il fût capable de maintenir son amour dans les sages limites des forces humaines...

Le trouver a été... « à peine un jeu ».

Elle a fait substituer, par un joaillier habile, à la grosse perle d'une bague qu'elle porte fidèlement, une des larmes solides du Surmâle.

FIN

Copyright © 2023 par Alicia Editions
Couverture et mise en page : Canva.com, Alicia Ed.
ISBN Ebook 978-2-38455-181-1
ISBN Livre broché 978-2-38455-182-8
Tous droits réservés

www.ingramcontent.com/pod-product-compliance
Lightning Source LLC
LaVergne TN
LVHW032005070526
838202LV00058B/6305